Labirinto do Fauno

Guillermo del Toro
Cornelia Funke

O Labirinto do Fauno

ILUSTRAÇÕES
Allen Williams

TRADUÇÃO
Bruna Beber

intrínseca

Copyright do texto © 2019 by Guillermo del Toro and Cornelia Funke

Copyright das ilustrações © 2019 by Allen Williams

Publicado nos Estados Unidos em 2019 por Katherine Tegen Books, um selo da HarperCollins Publishers

Publicado no Reino Unido em 2019 por Bloomsbury Publishing Plc

TÍTULO ORIGINAL Pan's Labyrinth: The Labyrinth of the Faun

PREPARAÇÃO Nina Lopes

REVISÃO Marcela de Oliveira e Rayana Faria

PROJETO GRÁFICO E LETTERINGS Antonio Rhoden

DIAGRAMAÇÃO Inês Coimbra

DESIGN DE CAPA Sarah J. Coleman e Joel Tippie

IMAGEM DE CAPA Sarah J. Coleman

ADAPTAÇÃO DE CAPA Antonio Rhoden

CIP-BRASIL. CATALOGAÇÃO NA PUBLICAÇÃO
SINDICATO NACIONAL DOS EDITORES DE LIVROS, RJ

F978L

Funke, Cornelia
    O labirinto do Fauno / Cornelia Funke, Guillermo del Toro ; [ilustração Allen Williams] ; tradução Bruna Beber. - 1. ed. - Rio de Janeiro : Intrínseca, 2019.
    320 p. : il. ; 23 cm.

    Tradução de: Pan's labyrinth : the labyrinth of the faun
    ISBN: 978-85-510-0519-4

    1. Romance mexicano. I. Toro, Guillermo del. II. Williams, Allen. III. Beber, Bruna. IV. Título.

19-56776
    CDD: 868.99213
    CDU: 82-31(72)

Vanessa Mafra Xavier Salgado – Bibliotecária – CRB-7/6644

[2019]

Todos os direitos desta edição reservados à
EDITORA INTRÍNSECA LTDA.
Av. das Américas, 500, bloco 12, sala 303
22640-904 — Barra da Tijuca
Rio de Janeiro — RJ
Tel./Fax: (21) 3206-7400
www.intrinseca.com.br

Para Alfonso Fuentes e seus homens,
que salvaram do fogo minha casa, minhas memórias,
meus cadernos e meus burros.

— C.F.

Para K,
a solução de todos os enigmas, a saída do Labirinto.

— G.D.T.

SUMÁRIO

Prólogo		11
I.	A floresta e a fada	13
II.	Todas as formas do mal	19
III.	Só um rato	25
IV.	Uma rosa na montanha sombria	27
V.	Pais e filhos	35
a promessa do escultor		45
VI.	No labirinto	53
VII.	Dentes afiados	63
VIII.	Uma princesa	69
IX.	Leite e remédios	75
o labirinto		83
X.	A árvore	91
XI.	As criaturas da floresta	95
XII.	O Sapo	97
XIII.	A esposa do alfaiate	103

o moinho sem lago — 113

XIV.	Fique com a chave	119
XV.	Sangue	123
XVI.	Uma canção de ninar	129
XVII.	Irmão e irmã	133

o relojoeiro — 137

XVIII.	A segunda tarefa	143
XIX.	Uma caverna na floresta	147
XX.	O Homem Pálido	151
XXI.	Sem escolha	163

a navalha e a faca — 169

XXII.	Os reinos da morte e do amor	175
XXIII.	O único modo honrado de morrer	181
XXIV.	Más notícias, boas notícias	189
XXV.	Tarta	195

o encadernador — 201

XXVI.	Apenas duas uvas	209
XXVII.	Despedaçado	213
XXVIII.	Magia não existe	217
XXIX.	Um tipo diferente de homem	223

quando o fauno se apaixonou — 229

XXX.	Não a faça sofrer	235
XXXI.	O gato e o rato	241
XXXII.	Não é nada	247
XXXIII.	Apenas uma mulher	253

O alfaiate que fez um acordo com a morte — 263

- XXXIV. Última chance — 269
- XXXV. O Lobo ferido — 273
- XXXVI. Irmã e irmão — 277

O eco do assassinato — 283

- XXXVII. A última tarefa — 287
- XXXVIII. O nome do pai — 295

O sobrevivente — 299

- XXXIX. A volta da princesa — 305

Epílogo: Pequenos vestígios — 309

"Os tesouros que trazemos dos labirintos", por Cornelia Funke — 313
Sobre os autores — 315

~PRÓLOGO~

Dizem que há muito, muito tempo, uma princesa vivia no Reino Subterrâneo, onde não havia dor nem mentiras, e sonhava com o mundo dos humanos. A princesa Moanna sonhava com um céu azul perfeito e um mar de nuvens infinito; sonhava com o sol, a grama e o gosto da chuva… Um dia, a princesa fugiu dos guardas e chegou ao nosso mundo. O sol logo apagou todas as suas lembranças, e ela esqueceu sua identidade e seu lugar de origem. Vagou pela terra com frio, com dor, doente. Até que, enfim, morreu.

Seu pai, o rei, nunca desistiu de procurá-la. Sabia que o espírito de Moanna era imortal e esperava algum dia reencontrar a filha.

Em outro corpo, em outro momento. Talvez em outro lugar.

Ele esperou.

Esperou até seu último suspiro.

Até o fim dos tempos.

~I~
a floresta e a fada

Era uma vez uma floresta no norte da Espanha, um lugar muito antigo que guardava histórias longínquas já esquecidas pelos homens. As árvores, tão profundamente ancoradas na terra lodosa, trançavam as raízes nos ossos dos mortos e alcançavam as estrelas com os galhos.

Tantas coisas perdidas, murmuravam as folhas quando três carros pretos desceram a estrada de terra batida que passava entre as samambaias e os musgos.

Mas todas as coisas perdidas podem ser reencontradas, sussurraram as árvores.

O ano era 1944, e a menina sentada em um dos carros, ao lado da mãe grávida, não entendia o sussurro das árvores. Seu nome era Ofélia, e ela conhecia bem a dor da perda, embora tivesse apenas treze anos. Seu pai tinha morrido havia um ano, e Ofélia sentia tanta saudade que às vezes seu coração parecia uma caixa vazia que ecoava sua dor. A menina sempre se perguntava se a mãe também sentia o mesmo, mas não encontrava a resposta no rosto pálido dela.

"Pele branca como a neve, face rubra como o sangue, cabelo preto como o carvão", dizia o pai de Ofélia quando olhava para a mãe dela, a voz cheia de ternura. "Você se parece muito com ela, Ofélia." Perdida.

Estavam fazia horas na estrada, cada vez mais distantes de tudo que Ofélia conhecia, entrando profundamente naquela floresta infinita, para encontrar o homem que a mãe havia escolhido para ser o novo pai da menina. Ofélia o chamava de Lobo e não queria pensar muito nele. Mas até as árvores pareciam sussurrar aquele nome.

A única lembrança de casa que Ofélia levou foram alguns dos seus livros. Ela segurou um deles com firmeza no colo e acariciou a capa. Ao abri-lo, as páginas brancas reluziram em contraste com as sombras da floresta, e as palavras que saltaram dele ofereceram conforto e refúgio. As letras eram como pegadas na neve, uma paisagem vasta e clara intocada pela dor, imune às memórias, sombrias demais para serem guardadas, agradáveis demais para serem esquecidas.

— Por que você trouxe todos esses livros, Ofélia? Estamos indo para a roça!

A viagem de carro empalidecera ainda mais o rosto da mãe. A viagem e o bebê que carregava na barriga. A mulher pegou o livro das mãos de Ofélia, e todas as palavras reconfortantes ficaram mudas.

— Você já está velha para ler contos de fadas! Tem que começar a descobrir o mundo. — A voz da mãe parecia um sino desafinado. Ofélia não se lembrava desse descompasso quando o pai ainda estava vivo. — Ai, vamos chegar atrasadas! — exclamou ela, pressionando o lencinho nos lábios. — Ele não vai gostar disso.

Ele...

A mãe gemeu, e Ofélia se inclinou para avisar o motorista:

— Pare! — gritou. — Pare o carro. Não reparou? Minha mãe está mal.

Com um tranco, o carro parou, e o motorista resmungou. Lobos: isso que eles eram, esses soldados que as acompanhavam. Lobos que comem homens. Sua mãe dizia que os contos de fadas não tinham nenhuma relação com o mundo real, mas Ofélia sabia que tinham. Os contos haviam lhe ensinado tudo sobre o mundo.

A menina desceu do carro enquanto a mãe cambaleava até o acostamento para vomitar nas samambaias. Elas cresciam densamente entre as árvores, como um oceano de folhas emplumadas de onde cresciam troncos cinzentos que lembravam criaturas tentando escapar de um mundo subterrâneo.

Os dois outros carros também haviam encostado na estrada, e a floresta foi tomada por um enxame de uniformes cinzentos. As árvores não gostaram deles. Ofélia percebeu. Serrano, o comandante, se aproximou para ver como a mãe dela estava. Era um homem alto, encorpado e falastrão, que usava o uniforme como se fosse uma fantasia. A mãe, com seu timbre de sino desafinado, pediu um pouco de água, e Ofélia foi dar uma volta pela estrada de terra.

Água, cochichavam as árvores. *Terra. Sol.*

Como se fossem dedos verdes, os ramos de uma samambaia tocaram o vestido de Ofélia, que olhou para baixo ao pisar em uma pedra. Era cinza, da cor do uniforme dos soldados, e estava no meio da estrada, como se alguém a tivesse esquecido ali. Sua mãe estava logo atrás, vomitando novamente. Por que as mulheres ficam enjoadas quando vão dar à luz?

Ofélia se abaixou e pegou a pedra. O tempo a cobrira de musgo, mas no instante em que a menina a limpou, percebeu que era lisa e plana, e que alguém havia esculpido um olho na superfície.

Um olho humano.

Ofélia olhou ao redor.

Só enxergou três colunas de pedra desgastadas, quase imperceptíveis entre as samambaias frondosas. A rocha cinzenta esculpida estava coberta por um padrão concêntrico e esquisito, e a coluna do meio abrigava uma pedra ancestral corroída, com um rosto voltado para a floresta. Ofélia não resistiu. Saiu da estrada e foi até lá, embora seus sapatos já estivessem molhados depois de poucos passos e os cardos se agarrassem a seu vestido.

O rosto não tinha um dos olhos. Como um quebra-cabeça com uma peça faltando, esperando ser concluído.

Ofélia segurou a pedra-olho com força e se aproximou.

Sob o nariz esculpido com traços retos na superfície cinza da rocha, uma boca escancarada exibia dentes ressecados. Ofélia cambaleou para trás quando, por entre os dentes, um corpo alado e fino como um galho se mexeu, estendendo os tentáculos compridos e trêmulos em direção a ela. Patas de inseto saltaram da boca, e a criatura, que era maior que a mão de Ofélia, escalou depressa a coluna. Assim que chegou ao topo, espichou as patas da frente e começou a gesticular para ela. Ofélia sorriu. Havia muito não sorria. Seus lábios não estavam mais acostumados a isso.

— Quem é você? — sussurrou ela.

A criatura balançou as patas da frente mais uma vez e emitiu uns estalidos melódicos. Talvez fosse um grilo. Era com aquilo que os grilos pareciam? Ou seria uma libélula? Ofélia não sabia ao certo. Tinha crescido na cidade, entre paredes de pedras sem rostos nem olhos. Muito menos bocas escancaradas.

— Ofélia!

A criatura abriu as asas e voou para longe, e Ofélia a acompanhou com os olhos. A mãe estava de pé a poucos passos dali, na beira da estrada, com o oficial Serrano a seu lado.

— Olhe só os seus sapatos! — repreendeu a mãe, com a leve resignação que se tornara frequente em seu tom de voz.

Ofélia olhou para baixo. Seus sapatos úmidos estavam cobertos de lama, mas ela ainda sentia o sorriso nos lábios.

— Acho que vi uma fada! — contou.

É. Era isso. Ofélia tinha certeza.

Mas a mãe não ouviu. Seu nome era Carmen Cardoso. Tinha trinta e dois anos, já era viúva e não lembrava mais como era olhar para qualquer coisa sem sentir medo ou desprezo. Só via um mundo que havia lhe arrancado o que mais amava e que mastigara sua vida, reduzindo-a a pó. Mas Carmen Cardoso também amava a filha, amava tanto que se casou de novo. O mundo era governado pelos homens — sua filha ainda não entendia isso —, e só um homem as manteria em segurança.

A mãe de Ofélia ainda não sabia, mas ela também acreditava em contos de fadas. Carmen Cardoso acreditava no conto de fadas mais perigoso de todos: o do príncipe que a salvaria.

A criatura alada que estava esperando por Ofélia dentro da boca de pedra escancarada sabia de tudo isso. Ela sabia de muitas coisas, mas não era uma fada, pelo menos não como pensamos nas fadas. Só o mestre sabia seu nome verdadeiro, pois, no Reino da Magia, saber um nome era ser dono do destino da criatura que o carregava.

Do galho de um pinheiro, ela observava Ofélia e a mãe voltarem para o carro e seguirem viagem. Fazia bastante tempo que esperava encontrar essa garota: a que havia perdido tantas coisas e ainda tinha muitas outras a perder até encontrar o que era seu por direito. Não ia ser fácil ajudá-la, mas era a tarefa que havia recebido de seu mestre, e ele não deixava barato quando suas ordens não eram obedecidas. Ah, não mesmo.

O carro avançou mais e mais, floresta adentro, levando a garota, a mãe e o bebê prestes a nascer. E a criatura que Ofélia nomeara Fada armou suas asas de inseto, flexionou as patas finas e espichadas e foi atrás da caravana.

~II~
todas as formas do mal

Raramente o mal se mostra de imediato. A princípio, é pouco mais que um sussurro. Um olhar. Uma traição. Mas logo cresce e cria raízes, mesmo que imperceptível, despercebido. Só os contos de fadas dão uma forma adequada ao mal. Os lobos maus, os vilões, os demônios, o diabo...

Ofélia sabia que o homem que logo teria que chamar de "pai" era mau. Ele tinha o mesmo sorriso do ciclope Ojáncanu, e a crueldade do Cuegle e do Nuberu — monstros que ela conhecia dos contos de fadas — se aninhava em seus olhos sombrios. Mas a mãe da menina não enxergava o mal em sua verdadeira forma. Em geral, as pessoas perdem essa capacidade quando envelhecem, e talvez Carmen Cardoso não tivesse notado seu sorriso de lobo porque o Capitão Vidal era bonito e estava sempre impecavelmente vestido com seu uniforme de gala, botas e luvas. Por ansiar tanto pela proteção dele, talvez a mãe tenha confundido a fúria sanguinária com autoridade, e a brutalidade com força.

O Capitão Vidal conferiu as horas em seu relógio de bolso. O vidro estava rachado, mas os ponteiros ainda contavam o tempo e indicavam que a caravana estava atrasada.

— Quinze minutos — resmungou Vidal, que, como todos os monstros, especialmente a Morte, sempre é pontual.

Sim, estavam atrasados, como Carmen temera, quando finalmente chegaram ao velho moinho que Vidal elegera como quartel-general. Ele odiava a floresta. Odiava tudo que não estava propriamente em ordem, e as árvores se ofereciam para camuflar aqueles que o capitão queria capturar, homens que combatiam a escuridão profunda a que ele servia e a qual admirava. Por isso Vidal se instalara naquela floresta antiga, para acabar com eles. Isso mesmo, o novo pai de Ofélia adorava destruir aqueles que considerava fracos, derramar seu sangue, no intuito de instaurar uma nova ordem naquele mundo caótico e miserável.

Ele cumprimentou a caravana. Sorrindo.

Mas Ofélia viu o desprezo em seus olhos quando ele os recebeu no pátio empoeirado onde no passado os camponeses dos povoados vizinhos entregavam grãos para o moleiro. A mãe, no entanto, sorriu e deixou que o Lobo acariciasse a barriga avolumada pelo bebê de quem era o pai. Ela até cedeu quando o homem pediu que se sentasse numa cadeira de rodas, como se fosse uma boneca estropiada. Ofélia assistiu a tudo isso do banco de trás do carro, desprezando a possibilidade de estender a mão ao Lobo, como a mãe lhe pedira para fazer. Então finalmente saiu do carro para não deixar a mãe sozinha com ele, apertando os livros junto ao peito feito um escudo de papel e palavras.

— Ofélia — disse o Lobo, triturando seu nome entre os lábios finos como se já fosse algo tão desmantelado quanto a mãe dela, e encarou a mão esquerda estendida. — É a outra mão, Ofélia — disse, com delicadeza. — Lembre-se disso.

Ele usava luvas pretas de couro que rangeram quando apertou a mão de Ofélia com a pegada cativa e violenta da armadilha de um caçador. Então lhe deu as costas, como se já a tivesse esquecido.

— Mercedes! — gritou ele para a mulher que ajudava os soldados a descarregar os carros. — Pegue as malas delas!

Mercedes era magra e pálida. Cabelo preto de graúna e olhos igualmente pretos, fluidos. Ofélia achou que ela parecia uma princesa disfarçada de filha de camponês. Ou talvez uma feiticeira, embora não soubesse ao certo se era boa ou má.

Mercedes e os homens levaram as malas de sua mãe para a casa do moinho. Ofélia achou a aparência do lugar triste e desoladora, como se faltasse um moinho processando grãos frescos. Em vez disso, continha uma infestação de soldados que se amontoavam feito gafanhotos ao redor das paredes de pedra ressecada. Seus caminhões e tendas espalhados por toda parte ocupavam o pátio amplo rodeado de estábulos, o celeiro e o próprio moinho.

Uniformes cinza, uma casa triste e velha, e uma floresta cheia de sombras... Ofélia queria tanto voltar para casa que mal conseguia respirar. Mas não existia lar sem seu pai. Ela sentia as lágrimas se insinuarem quando de repente notou, entre as sacas amontoadas a poucos passos dali, asas captando a luz do sol como se fossem feitas de um papel delicado como vidro.

Era a Fada.

Já esquecendo sua tristeza, Ofélia correu atrás da pequena criatura, que voou na mesma hora até as árvores logo atrás do moinho. Era tão ágil que Ofélia tropeçou nos próprios pés enquanto a perseguia, deixando todos os livros caírem no chão. Mas enquanto a menina os recolhia e espanava a poeira das capas, encontrou a Fada pendurada na casca de uma árvore próxima, esperando por ela.

Isso mesmo. Lá estava ela. Tinha que fazer com que a garota a seguisse.

Mas espera aí. Não! Ela diminuiu o passo novamente.

Ofélia olhava para o arco gigantesco que tinha aparecido entre as árvores e atravessava o espaço entre duas paredes antigas. Uma cabeça chifruda observava do arco com olhos vazios e a boca aberta, como se tentasse engolir o mundo. Aquele olhar sumia com tudo ao redor: o moinho, os soldados, o Lobo, até a mãe de Ofélia. *Entre!*, pareciam dizer as paredes despedaçadas. Ofélia viu as letras entalhadas e esmaecidas logo abaixo daquela cabeça, mas não sabia o significado.

Ela leu as palavras: *In consiliis nostris fatum nostrum est.*

"Em nossas escolhas encontra-se o nosso destino."

A Fada tinha desaparecido e, ao atravessar o arco, Ofélia sentiu um vulto frio em sua pele. *Meia-volta!*, algo dentro dela avisou. Mas ela não obedeceu. Às vezes é bom dar ouvido aos sinais, outras vezes, não. De todo modo, Ofélia não sabia se tinha escolha.

Seus pés caminharam sozinhos. O corredor que se abriu atrás do arco se estreitou depois de poucos passos, e logo Ofélia já tocava as paredes laterais apenas esticando os braços. Passava as mãos nas pedras desgastadas enquanto andava. Apesar do calor do dia, estavam muito geladas. Deu mais alguns passos e chegou à quina de uma parede. Outro corredor se abriu a sua frente, levando à esquerda e depois à direita, em direção a outra quina.

— É um labirinto.

Ofélia se virou.

Mercedes estava de pé atrás dela. O xale que cobria seus ombros parecia feito de folhas de lã. Se a mulher era uma feiticeira, era uma feiticeira linda, nem um pouco velha e enrugada como as que apareciam nos livros de Ofélia. Mas a menina aprendera com os contos de fadas que muitas vezes as feiticeiras não mostravam sua aparência verdadeira.

— É só uma pilha de pedras velhas — disse Mercedes. — Ancestrais. Mais velhas que o moinho. Essas paredes existem desde sempre, antes mesmo de construírem o moinho. Você não deveria entrar aqui. Pode acabar se perdendo. Já aconteceu uma vez. Um dia posso lhe contar a história, se quiser.

— Mercedes! O *capitán* está te chamando! — solicitou a voz áspera de um soldado atrás do moinho.

— Já vou! — respondeu ela. E sorriu para Ofélia. Havia segredos naquele sorriso, mas a menina gostou dela. Gostou muito dela. — Você ouviu. Seu pai está me chamando — disse Mercedes, e deu meia-volta para passar pelo arco.

— Ele não é meu pai! — respondeu Ofélia. — Não *mesmo*!

Mercedes diminuiu o passo.

Ofélia correu para perto dela, e atravessaram juntas o arco, deixando para trás as pedras geladas e a cabeça chifruda de olhos vazios.

— Meu pai era um alfaiate — disse Ofélia. — Ele morreu na guerra. — As lágrimas voltaram. Sempre brotavam quando ela falava do pai. Era inevitável. — Ele fez meu vestido e a blusa que minha mãe está usando. Ele fazia roupas lindas. Mais bonitas do que as roupas que as princesas usam nos livros! O Capitão Vidal *não é* meu pai.

— Você já deixou isso bem claro — disse Mercedes, com gentileza, passando o braço sobre os ombros de Ofélia. — Mas venha, vou levar você até sua mãe. Tenho certeza de que ela está procurando você.

O braço de Mercedes era caloroso. E forte.

— Minha mãe não é linda? — perguntou Ofélia. — É o bebê que a deixa mal. Você tem irmão?

— Tenho — disse Mercedes. — Você vai ver como vai amar seu irmãozinho também. Muito mesmo. Não tem opção.

Ela sorriu mais uma vez. Havia tristeza em seu olhar, Ofélia percebeu. Mercedes também parecia saber muito sobre perdas.

Sentada no arco de pedra, a Fada observou ambas irem para o moinho: a mulher e a menina, primavera e verão, lado a lado.

A garota ia voltar.

A Fada ia cuidar disso.

Muito em breve.

Assim que seu mestre desejasse.

~ III ~
só um rato

Sim, Mercedes tinha um irmão. Pedro era um dos homens infiltrados na floresta, um Maqui, como se denominavam, um combatente da resistência que se escondia dos mesmos soldados para os quais ela cozinhava e lavava.

Vidal e seus capangas planejavam uma caça a esses homens quando Mercedes chegou com pão, queijo e vinho. A mesa com o mapa da floresta já servira de mesa de jantar para o moleiro e sua família. Agora servia à morte. À morte e ao medo.

As chamas que flamejavam na lareira refletiam sombras de facas e fuzis nas paredes caiadas do cômodo e nos rostos debruçados nos mapas. Mercedes deixou a bandeja na mesa e mal reparou nas posições assinaladas pelo Exército.

— Os guerrilheiros se infiltram na floresta porque é muito difícil rastreá-los quando estão lá — disse Vidal, e sua voz era tão inexpressiva quanto seu rosto. — Essa escória conhece o terreno melhor que a gente. Então vamos bloquear todas as entradas. Aqui. E aqui — encerrou, apontando o dedo preto de couro enluvado para o mapa como se fosse um míssil.

Preste atenção, Mercedes, para contar os planos deles ao seu irmão. Do contrário, em uma semana ele vai estar morto.

— Comida, remédios, vamos armazenar tudo. Bem aqui — disse Vidal, apontando para o local onde ficava o moinho. — Precisamos forçar uma movimentação para que eles desçam das colinas. Assim virão até a gente.

Aqui, Mercedes. Eles vão armazenar tudo aqui!

Ela demorou para servir a comida, feliz por ser completamente invisível para eles, só uma empregada, só mais um objeto no cômodo, como as cadeiras e a lareira.

— Vamos instalar três novos postos de comando.

Vidal posicionou marcadores de bronze no mapa. Mercedes não desviou o olhar dos dedos enluvados do homem. Era isto que ela era: os olhos e ouvidos dos coelhos que eles caçavam, silenciosa e invisível como um rato.

— Mercedes!

Ela prendeu a respiração quando a luva preta apertou seu ombro. Os olhos de Vidal estavam estreitos de desconfiança. *Ele é sempre desconfiado, Mercedes*, pensou ela, acalmando o coração acelerado. O homem gostava de ver seu olhar despertando medo, mas ela já tinha entrado naquele jogo tantas vezes que sabia como não se entregar. Só um rato. Invisível. Estaria com os dias contados se ele a visse como uma gata ou uma raposa.

— Peça ao dr. Ferreiro para descer.

— Sim, *señor*.

Ela inclinou a cabeça para parecer mais baixa. A maioria dos homens não admite que uma mulher seja alta. Vidal não era exceção. Três postos de comando. Comida e remédios armazenados no moinho. Uma informação útil nas mãos.

~ IV ~
uma rosa na montanha sombria

O dr. Ferreiro era um homem bom, uma alma gentil. Isso ficou claro para Ofélia assim que ele entrou no quarto de sua mãe. A bondade pode ser tão claramente identificada quanto a crueldade. Irradia luz e calor, e o médico parecia ser uma fonte de ambos em igual quantidade.

— Isso vai te ajudar a dormir — disse ele à mãe de Ofélia enquanto pingava algumas gotas de um líquido âmbar num copo d'água.

A mãe de Ofélia não discutira quando o médico a aconselhou a ficar de repouso por alguns dias. Era uma cama grande de madeira, num cômodo muito espaçoso que ela e Ofélia dividiam. A mulher não tinha melhorado desde a chegada àquele lugar terrível. Sua testa estava encharcada de suor, e a dor havia entalhado linhas tênues em seu lindo rosto. Ofélia estava preocupada, mas se sentiu melhor ao ver as mãos calmas do médico preparando o remédio.

— Só duas gotas — disse ele, entregando o pequeno frasco marrom para que Ofélia o fechasse. — Você vai ver como ela vai melhorar.

A mãe mal conseguiu engolir a água sem engasgar.

— Você precisa tomar tudo — pediu o dr. Ferreiro, com gentileza. — Isso, muito bem.

Sua voz era tão cálida quanto os cobertores na cama, e Ofélia se perguntou por que a mãe não se apaixonara por um homem como o médico. Ele lembrava seu falecido pai. Um pouco.

Ofélia tinha acabado de se sentar ao lado da mãe na cama quando Mercedes entrou no quarto.

— Ele quer que o senhor desça! — disse ela ao médico.

Ele. Ninguém dizia seu nome. Vidal. Soava como uma pedra na janela; cada letra um caco de vidro. Capitão. Era assim que o chamavam. Mas Ofélia ainda achava que Lobo lhe caía melhor.

— Não hesite em me ligar — disse o médico para a mãe, fechando a maleta. — A qualquer hora do dia ou da noite. Você ou sua enfermeirinha — acrescentou, sorrindo para Ofélia.

Então saiu do quarto com Mercedes, e Ofélia ficou sozinha com a mãe pela primeira vez naquela casa velha cheirando a invernos frios e à tristeza entranhada das pessoas que moraram ali tempos antes. Ela gostava de ficar sozinha com a mãe. Sempre gostara, mas não demorou muito para o Lobo chegar.

Sua mãe a puxou para perto.

— Minha enfermeirinha — disse ela, acariciando o braço de Ofélia com um sorriso cansado mas feliz. — Feche a porta e apague a luz, *cariño*.

Embora sentada ao lado da mãe na cama, Ofélia estava com medo de dormir naquele quarto estranho, mas fez o que lhe foi pedido. Quando tentava alcançar a maçaneta da porta, viu o médico conversando com Mercedes na escada. Eles não notaram sua presença, e Ofélia não queria, mas era impossível não ouvir a conversa. Ouvir... afinal, é isso que as crianças mais fazem. Descobrir os segredos dos adultos significa descobrir como entender o mundo deles... e aprender a sobreviver nele.

— Você precisa nos ajudar, doutor! — sussurrava Mercedes. — Venha comigo para examiná-lo. A ferida não está cicatrizando. A perna só piora.

— Eu fiz o possível — disse o médico, baixinho, entregando um embrulho de papel pardo para Mercedes. — Sinto muito.

Ela pegou o pacote, mas o desespero em seu rosto assustou Ofélia. Mercedes parecia ser tão forte, uma pessoa que a protegeria naquela casa cheia de solidão e fantasmas do passado.

— O *capitán* está esperando você no escritório — disse Mercedes, aprumando as costas sem olhar para o dr. Ferreiro enquanto ele descia a escada.

Os passos dele eram pesados, como se o médico carregasse a culpa por se afastar do rosto consternado dela.

Ofélia não conseguia se mexer.

Segredos. Eles contribuem com a escuridão do mundo, mas também atiçam sua curiosidade para descobrir mais...

Ofélia ainda estava de pé na porta quando Mercedes se virou. Seus olhos se arregalaram de medo quando viram a menina, e ela rapidamente escondeu o pacote com o xale, enquanto os pés de Ofélia enfim obedeceram a seu comando e ela deu um passo para trás, desejando que Mercedes esquecesse que a vira ali.

— Ofélia! Venha aqui! — chamou a mãe, da cama.

Ao menos o fogo ajudou a espalhar alguma luz no quarto escuro, com duas velas tremulando na moldura da lareira. Ofélia se aninhou na cama e abraçou a mãe.

Só as duas. Por que isso não bastava? Mas o irmãozinho já estava chutando dentro da barriga da mãe. E se ele fosse como o pai? *Vá embora!*, pensou Ofélia. *Nos deixe em paz. Não precisamos de você. Ela tem a mim, e eu cuido dela.*

— Meu Deus, seus pés... estão gelados! — disse a mãe.

O corpo dela estava muito quente. Talvez quente demais, mas o médico não parecia preocupado com a febre.

Nos arredores da casa, o moinho rangia e gemia. Não as queria lá. Queria o moleiro de volta. Ou talvez quisesse ficar a sós com a floresta, as raízes das árvores atravessando as paredes, as folhas cobrindo o telhado, até que as pilastras e vigas se tornassem parte da mata novamente.

— Está com medo? — sussurrou a mãe.

— Um pouco — murmurou Ofélia.

Outro gemido ecoou das paredes antigas, e as vigas mais acima suspiraram como se alguém as estivesse curvando. Ofélia se aproximou da mãe, que beijou o cabelo da filha, tão preto quanto o seu.

— Não é nada, *cariño*. Não é nada, é só o vento. As noites aqui são diferentes. Na cidade você ouve os carros, o bonde. Aqui as casas são mais antigas. Elas rangem...

Sim, rangiam. Nessa hora as duas ouviram o barulho.

— Parece que as paredes estão falando, não é? — A mãe não a abraçava assim desde que descobriu que estava grávida. — Amanhã. Amanhã eu tenho uma surpresa para você.

— Uma surpresa? — perguntou Ofélia, encarando o rosto pálido da mãe.

— Sim.

Ofélia se sentia segura em seu abraço. Pela primeira vez desde... Desde quando? Desde a morte do pai. Desde que a mãe conhecera o Lobo.

— É um livro? — perguntou Ofélia.

Seu pai lhe dava livros com frequência. Às vezes até fazia roupinhas para eles. *Linho. Para proteger a encadernação, Ofélia*, dizia. *Hoje em dia eles costuram os livros com tecidos muito baratos. Esse é melhor.* A menina sentia muita falta do pai. Às vezes parecia que seu coração estava sangrando e que o sangue só estancaria quando o visse de novo.

— Um livro? — questionou a mãe, dando uma risadinha. — Não! Não é um livro! É muito melhor.

Ofélia não a relembrou de que, para ela, não existia nada melhor que um livro. A mãe não entenderia. Não considerava os livros um refúgio nem permitia que eles a conectassem com outros mundos. Ela só conseguia ver este mundo e, mesmo assim, pensou Ofélia, só em alguns momentos. Ser tão terrestre fazia parte da tristeza da mãe. Os livros poderiam ensiná-la tanto sobre este mundo e outros lugares distantes, sobre animais e plantas, sobre as estrelas! Podiam ser janelas e portas, asas de papel para ajudá-la a voar para bem longe. Talvez a mãe tenha esquecido como era voar. Ou talvez nunca tenha aprendido.

Carmen fechou os olhos. Será que pelo menos nos sonhos ela via mais do que este mundo?, Ofélia se perguntou, encostando a bochecha no peito da mãe. A menina escutou a respiração dela, o som latejante do seu coração batendo normalmente, como um metrônomo marcando o andamento musical.

— Por que você teve que se casar? — sussurrou Ofélia.

Assim que as palavras escaparam de seus lábios, parte dela desejou que a mãe já estivesse dormindo. Mas veio a resposta.

— Eu estava sozinha há muito tempo, meu amor — disse a mãe, olhando para o teto com pintura descascada e muitas teias de aranha.

— Mas *eu* estava com você! — retrucou Ofélia. — Você não estava sozinha. Eu *sempre* estive ao seu lado.

A mãe continuou encarando o teto, e já parecia muito distante dali.

— Você vai entender quando for mais velha. Não foi fácil para mim também quando seu pai... — disse ela, e respirou fundo, passando a mão na barriga. — Seu irmão está aprontando outra vez.

A mão da mãe estava muito quente quando Ofélia a tocou. A menina também sentiu o irmão se mexendo. Não, ele não ia embora. Queria sair dali.

— Conte uma de suas histórias para ele! — sugeriu a mãe — Tenho certeza de que vai ajudar a acalmá-lo.

Ofélia relutou em dividir suas histórias com ele, mas enfim se animou. Debaixo do lençol branco, o corpo da mãe parecia uma montanha coberta de neve, o irmão dormindo na caverna mais profunda. Ofélia apoiou a cabeça no calombo formado pelo cobertor e acariciou a parte da barriga da mãe onde o irmão se mexia nas profundezas.

— Irmão! — cochichou ela. — Irmãozinho.

A mãe ainda não tinha escolhido o nome. Precisaria fazer isso em breve, para prepará-lo para este mundo.

— Há muitos, muitos anos... numa região triste e distante... — começou Ofélia, num tom de voz suave e baixo, mas tinha certeza de que ele a escutava — ... havia uma montanha enorme de pedras pretas...

Atrás do moinho, na floresta tão escura e silenciosa quanto a noite, a criatura que Ofélia chamava de Fada abriu as asas para seguir o som da voz da garota, as palavras construindo um caminho de migalhas de pão noite adentro.

— E no topo daquela montanha — continuou Ofélia —, uma rosa mágica florescia toda manhã. As pessoas diziam que quem colhesse a rosa se tornaria imortal. Mas ninguém ousava se aproximar, porque os espinhos eram venenosos.

Ah, é mesmo, existem muitas rosas como essa, pensou a Fada, enquanto voava em direção à janela onde, do outro lado, a garota contava a história. Ao entrar no quarto, suas asas tremularam tão suavemente quanto a voz de Ofélia, e ela viu a menina e a mãe abraçadas, se protegendo da escuridão da noite lá fora. Mas a escuridão que habita a casa era ainda mais assustadora, e a menina sabia que isso era culpa do homem que as trouxera até lá.

— As pessoas comentavam sobre a dor que os espinhos dessa rosa podiam causar — cochichou Ofélia para o irmão. — Alertavam uns aos outros sobre a morte à espera de quem quer que subisse a montanha. Para eles, era fácil acreditar na história da dor e dos espinhos. O medo incentivava essa crença. Mas ninguém ousou imaginar que a rosa os recompensaria com a vida eterna. Eles não esperavam por isso, não mesmo. E assim a rosa murchava todas as noites, incapaz de oferecer seu presente a alguém...

A Fada se sentou no parapeito da janela para ouvir a história. Ficou contente ao ver que a garota sabia dos espinhos, justo agora que ela e a mãe haviam chegado a uma montanha muito sombria. O homem que governava essa montanha — ah, sim, a Fada sabia tudo sobre ele — estava sentado em seu escritório no andar de baixo, no cômodo que ficava atrás da roda do moinho, polindo o relógio de bolso que fora do pai, outro pai que também morreu em outra guerra.

— A rosa caiu no esquecimento e ficou desolada — disse Ofélia, encostando o rosto na barriga da mãe. — No topo daquela montanha fria e escura, sozinha para sempre, até o fim dos tempos.

Ela ainda não sabia, mas estava contando para o irmão a história do pai dele.

~V~
pais e filhos

Vidal limpava o relógio de bolso do pai toda noite, o único momento em que tirava as luvas. O cômodo que ele transformara em escritório ficava logo atrás da roda enorme que no passado moía o milho do moleiro. Os raios enormes da roda cobriam quase toda a parede do fundo e às vezes lhe davam a sensação de morar dentro do relógio, o que era estranhamente reconfortante. Ele polia toda a carcaça de prata finamente entalhada e espanava a poeira da engrenagem com tanto carinho que parecia estar cuidando de algo vivo.

Às vezes, os objetos que tanto estimamos revelam mais sobre nós mesmos do que as pessoas que amamos. O vidro do relógio se quebrara nas mãos do pai de Vidal no momento exato de sua morte, e o filho considerou isso uma prova de que as coisas sobreviviam à morte se fossem cuidadas com esmero.

O pai era um herói. Vidal cresceu com esse pensamento. E assim ele se fez. Um homem de verdade. E esse pensamento quase sempre lhe trazia uma lembrança do dia em que ele e o pai visitaram as falésias de Villanueva. A paisagem marítima escarpada no horizonte, as pedras pontudas logo abaixo: uma queda de trinta metros. Seu pai o conduzira com cuidado até a ponta do penhasco e depois o segurara com força. Quando o filho tentou recuar, o homem o agarrou e o forçou a olhar para o abismo. "Sentiu medo?", perguntou o pai. "Nunca se esqueça disso. É o que vai sentir toda vez que fraquejar, quando tentar esquecer que serve à sua pátria e à sua posição social. Quando se deparar com a morte ou com a glória. Se trair seu país, seu nome, seu legado, vai ser como dar um passo na direção desse abismo. O abismo é invisível aos seus olhos, mas não menos real por isso. Nunca esqueça, meu filho..."

Uma batida à porta fez o presente apagar o passado. Um movimento tão leve que contradizia a intenção da pessoa que pedia permissão para entrar. Vidal franziu a testa. Ele odiava quando alguma coisa interrompia seu ritual noturno.

— Entre! — gritou, ainda atento às engenharias reluzentes do relógio.

— *Capitán*.

Os passos do dr. Ferreiro eram tão leves e cuidadosos quanto sua voz. Ele parou a poucos centímetros da mesa.

— Como ela está? — perguntou Vidal.

As rodas do relógio de bolso começaram a girar em seu ritmo perfeito, confirmando mais uma vez que manter a ordem das coisas era sempre o melhor caminho. A imortalidade era digna e precisa. Certamente não necessitava de um coração. O batimento cardíaco tornava-se irregular com muita facilidade e, no fim das contas, o coração parava de bater, independentemente do cuidado com que tivesse sido tratado.

— Ela está muito fraca — disse o médico.

Sim, leve. O médico era assim em tudo. Roupas leves, voz leve, olhar leve. Vidal tinha certeza de que quebrá-lo ao meio seria tão fácil quanto despedaçar o pescoço de um coelho.

— Ela precisa descansar o máximo possível — alertou ele. — Vou dormir aqui.

Isso facilitaria as coisas. O capitão já estava de saco cheio de Carmen. Cansava-se de qualquer mulher com muita facilidade. Elas normalmente tentavam se aproximar demais. Vidal não queria intimidade com ninguém. Isso o tornaria vulnerável. A ordem se perdia quando o amor se instalava. Até mesmo o desejo podia ser desconcertante, a menos que alguém o alimentasse e depois seguisse em frente. As mulheres não entendiam esse tipo de coisa.

— E o meu filho? — perguntou.

Vidal só se preocupava com o bebê. Um homem sem filhos era mortal.

O médico olhou para ele, assustado. Seus olhos sempre pareciam um pouco surpresos atrás dos óculos de aro prateado. Ele abriu a boca para responder quando Garcés e Serrano apareceram na porta.

— *Capitán!*

Vidal acenou, silenciando seus capangas. O medo no rosto deles sempre lhe agradava. Até fazia com que se esquecesse da desolação que era aquele lugar, tão distante das cidades e dos campos de batalha onde a história fora escrita. Mas ele faria sua estadia naquela floresta turva e infestada de rebeldes valer a pena. Era tão preciso implantando o medo e a morte que os generais que o enviaram para lá já tinham ouvido comentários a respeito. Alguns haviam lutado ao lado do pai dele.

— Meu filho! — repetiu, a impaciência cortando sua voz como navalha. — Como ele está?

Ferreiro olhou para Vidal com perplexidade. *Já conheci algum homem como você?*, seus olhos pareciam perguntar.

— Por enquanto — respondeu ele —, não há razão para alarde.

Vidal pegou um cigarro e o quepe.

— Muito bem — disse ele, empurrando a cadeira para trás.

O que queria dizer: *Pode ir*.

Mas o médico continuou de pé em frente à mesa.

— Sua esposa não deveria ter viajado, *capitán*. Não nesse estágio da gravidez.

Coitado. Uma ovelha não deveria se dirigir assim a um lobo.

— Essa é a sua opinião?

— Minha opinião profissional. Sim, *capitán*, é o que eu acho.

Vidal contornou a mesa. Era mais alto que Ferreiro. Claro. O médico era um homem baixo. Estava ficando careca, e a barba desgrenhada lhe dava uma aparência velha e patética. Vidal adorava o rosto limpo que só uma navalha era capaz de executar. Desprezava homens como Ferreiro. Quem se preocupa com a cura num mundo que só pensa em matar?

— Um filho deve nascer perto do pai — afirmou, sereno.

Coitado. Vidal se dirigiu até a porta, seguido pela fumaça do cigarro na contraluz da sala. Vidal não gostava de luzes. Gostava de ver a própria escuridão. Já estava quase na porta quando Ferreiro ergueu sua voz irritantemente gentil.

— Como tem certeza de que o bebê é um menino, *capitán*?

Vidal se virou com um sorriso, os olhos negros como fuligem. Fazia os homens sentirem uma faca entre as costelas só de olhar para eles.

— Pode se retirar agora — ordenou Vidal.

Ferreiro sentiu o corte da lâmina, ele tinha certeza.

Os soldados de guarda haviam capturado dois caçadores de coelho depois do toque de recolher. Vidal ficou surpreso por Garcés ter achado que valia a pena incomodá-lo por causa daquilo, afinal, todos os seus oficiais sabiam o quanto ele detestava ser importunado tão tarde.

A lua parecia uma foice faminta no céu quando eles saíram do moinho.

— Às oito da noite detectamos uma movimentação no setor noroeste — relatou Garcés assim que cruzaram o pátio. — Tiros. O sargento Bayona revistou a área e capturou os suspeitos. — Ele falava como se estivesse ditando as palavras.

Os prisioneiros, um velho e um jovem, estavam mais pálidos que a lua fraca. As roupas, sujas da floresta, e os olhos, ofuscados por culpa e medo.

— *Capitán* — disse o mais novo, enquanto Vidal os examinava em silêncio e cheio de minúcia —, esse é o meu pai — completou, apontando para o homem mais velho. — É um homem honrado.

— Eu vou julgar o caso — afirmou ele. Embora Vidal gostasse de ver medo no rosto de um homem, também ficava muito irritado com isso. — E exponha sua cabeça quando estiver diante de um oficial.

O filho tirou o chapéu puído. Vidal sabia por que o garoto evitava encará-lo. Camponês sujo! Era orgulhoso — dava para perceber pela voz —, e inteligente o bastante para saber que seus captores não apreciariam isso.

— Veja o que encontramos nas coisas deles — disse Serrano, entregando um rifle para Vidal. — Foi utilizado.

— Estávamos caçando coelhos! — justificou o rapaz.

— Dei autorização para você falar?

O velho estava tão assustado que seus joelhos bambearam. Temia pelo filho. Um dos soldados, puxando-o pela mochila, o entregou a Vidal. Ele tirou um almanaque de bolso para agricultores publicado pelo governo republicano; parecia ter sido lido muitas vezes. Vidal leu o slogan em voz alta com um sorriso de desdém:

— "Sem deus, sem mestre, sem país." Muito bem.

— Propaganda comunista, *capitán*!

Serrano parecia orgulhoso e aliviado de não ter aborrecido o *capitán* só por causa de dois camponeses sujos. Talvez fossem combatentes da resistência que lutavam contra o general Franco, o tipo de gente que eles tinham ido caçar ali.

— *Não* é propaganda — protestou o filho.

— *Shhh!*

Os soldados notaram o tom de ameaça na repressão sussurrada de Vidal, mas o pavãozinho estava ávido para proteger o pai. O amor mata de várias maneiras.

— É só um almanaque antigo, *capitán*!

O rapaz não calava a boca.

— Somos só agricultores — disse o velho, tentando desviar o olhar de Vidal do filho.

— Prossiga.

O capitão gostava quando começavam a implorar pela vida.

— Eu fui para a floresta caçar coelhos. Para as minhas filhas comerem. Elas estão doentes.

Vidal farejou a garrafa que encontrou na mochila do velho. Água. Era preciso fazer essas coisas com calma para apreciá-las.

Ordem. Mesmo nas pequenas coisas.

— Coelhos... — disse ele. — É mesmo?

Ele sabia que o filho ia cair na armadilha. Sim, ele sabia conduzir. Os generais não desperdiçariam os talentos dele nessa floresta. Ele fazia coisas admiráveis.

— *Capitán*, com todo o respeito — disse o filho —, se meu pai diz que estava caçando coelhos, é porque estava caçando coelhos.

Ele escondeu o orgulho sob as pálpebras caídas, mas seus lábios o traíram. Com calma. Era assim que se fazia as coisas.

Vidal pegou a garrafa de água e a bateu com força no rosto do pavãozinho. Depois enfiou o vidro quebrado no olho do rapaz. Várias vezes seguidas. *Deixe a raiva seguir seu curso ou ela pode consumir você.* O vidro cortou e despedaçou o corpo do rapaz, pele e carne se tornando uma massa sanguinolenta.

O pai gritou mais alto que o filho, as lágrimas manchando as bochechas sujas.

— Você o matou! Você o matou! Assassino!

Vidal atirou no peito do velho. Não era um peito muito robusto. As balas chegaram rapidamente ao coração, duas balas atravessando as roupas maltrapilhas e os ossos de papelão.

O filho ainda conseguia se mexer, as mãos vermelhas com o próprio sangue enquanto pressionava as feridas abertas em seu rosto. Que confusão. Vidal atirou nele também. Sob a foice pálida da lua.

A floresta observava tão silenciosamente quanto os soldados.

O capitão limpou as mãos enluvadas na mochila, depois conferiu o que havia dentro dela. Papéis. Muitos papéis. E dois coelhos mortos. Ele ergueu os animais. Eram duas coisinhas magricelas, pelos e ossos ainda malformados. Talvez rendessem um ensopado.

— Quem sabe da próxima vez vocês aprendam a pegar direito esses idiotas — disse ele para Serrano —, antes de baterem à minha porta.

— Sim, *capitán*.

Eles ficaram imóveis.

O quê? Vidal os desafiou com os olhos. Ele era genioso. Sim. O que seus soldados estariam pensando ao encarar aqueles dois cadáveres caídos a seus pés? Que alguns de seus pais e irmãos também eram camponeses? Que eles também amavam seus filhos e filhas? Que um dia acabariam daquele jeito?

Talvez.

Somos todos lobos, era o que gostaria de dizer a eles. *Aprendam comigo.*

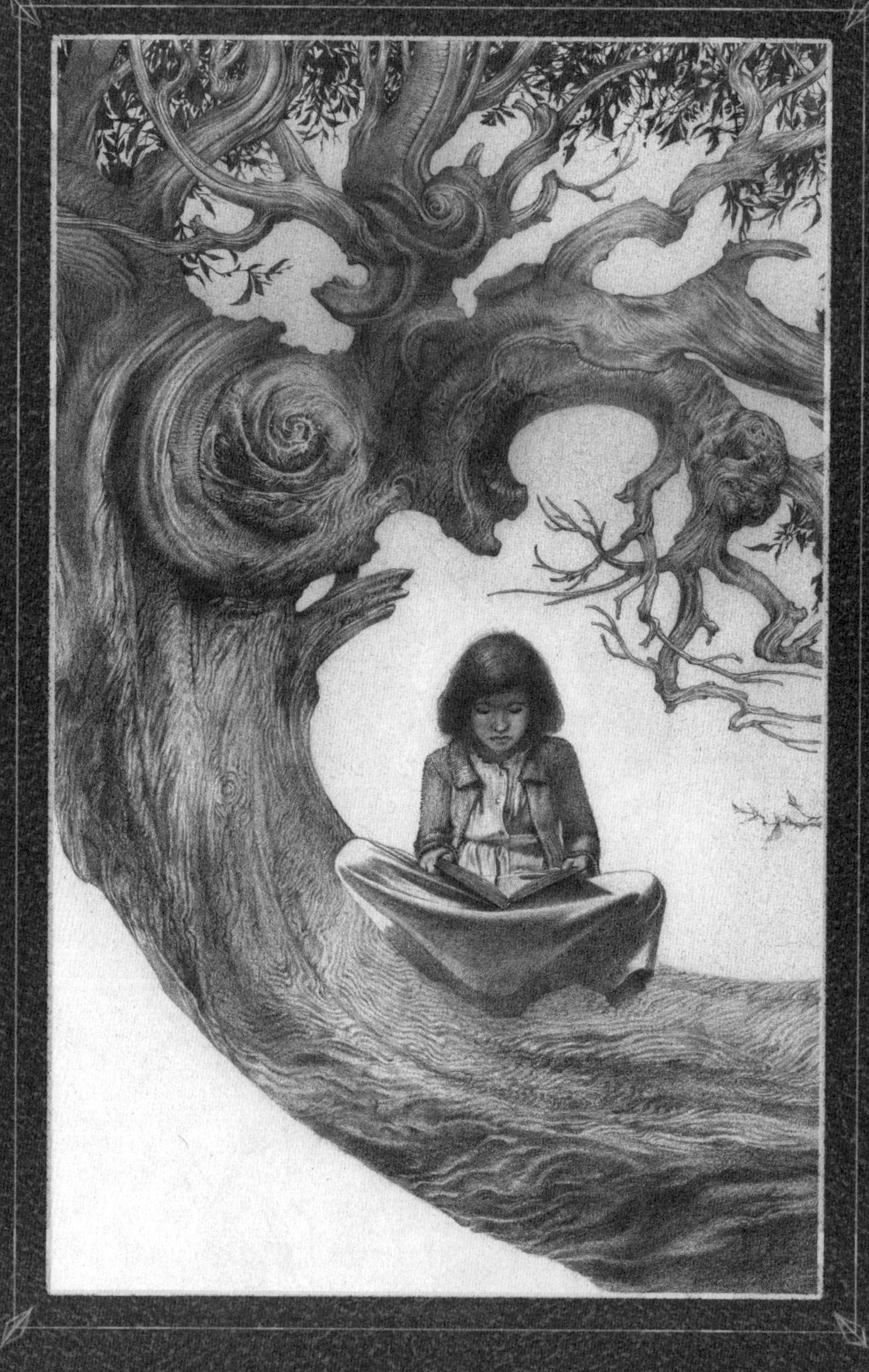

a promessa do escultor

Era uma vez um jovem escultor chamado Cintolo. Ele era súdito de um reino tão subterrâneo que de lá não dava para ver nem o sol nem a lua. O artista enfeitava os jardins reais com flores esculpidas em rubi e fontes talhadas em malaquita. Os bustos do rei e da rainha que fazia eram tão realistas que todos acreditavam até que podiam ouvi-los respirar.

Os soberanos tinham apenas uma filha, a princesa Moanna, que adorava observar Cintolo trabalhando, embora ele nunca tenha conseguido esculpir a menina.

— Não consigo ficar parada por muito tempo — disse-lhe ela. — Há muitas coisas para ver e fazer.

Um dia, Moanna desapareceu. E Cintolo lembrou-se das tantas vezes que ela o indagara sobre o sol e a lua e se ele sabia como era a aparência das árvores, cujas raízes sustentavam o teto de seu quarto, na superfície.

O rei e a rainha ficaram tão tristes que o Reino Subterrâneo ecoava seus suspiros, e suas lágrimas cobriam feito orvalho as flores esculpidas. O Fauno, que era o conselheiro da realeza sobre os monstros e as coisas sagradas que viviam no subterrâneo, mandou seus mensageiros — morcegos, fadas, coelhos e corvos — trazerem Moanna de volta, mas nem todos esses olhos conseguiram encontrá-la.

A princesa já estava desaparecida havia trezentos e trinta anos quando, uma noite, o Fauno entrou no ateliê de Cintolo, onde o escultor havia adormecido em meio a suas ferramentas. Ele queria confortar Suas Majestades esculpindo

Moanna numa linda pedra lunar, porém, por mais que tentasse, não conseguia se lembrar do rosto da princesa.

— Tenho uma tarefa para você, Cintolo — disse o Fauno —, e não pode falhar. Preciso de inúmeras esculturas do rei e da rainha, tão numerosas quanto as folhas desinibidas das samambaias, para espalhá-las pelo solo do Reino Superior. Pode fazer isso?

Cintolo não tinha certeza de que conseguiria, mas ninguém se atrevia a dizer não ao Fauno, pois ele era conhecido por seu temperamento difícil e pela influência que exercia sobre o rei. Então o artista se pôs a trabalhar. Um ano depois, centenas de colunas de pedra foram erguidas no solo do Reino Superior. Exibiam o rosto triste dos pais de Moanna e carregavam a esperança do Fauno de que a princesa perdida algum dia cruzasse com as esculturas e se lembrasse de quem era. Mas muitos anos se passaram, e não houve notícias de Moanna. A esperança morreu no Reino Subterrâneo como uma flor sem chuva.

Cintolo envelheceu, mas não suportava a ideia de que ia morrer antes de seu talento ajudar a trazer de volta a criança perdida dos reis. Então ele marcou um encontro com o Fauno.

O conselheiro alimentava o enxame de fadas que lhe servia quando o escultor se aproximou. O Fauno as nutriu com suas lágrimas para lembrá-las de Moanna, pois as fadas tendem a ser criaturas muito esquecidas.

— A Vossa Alteza Chifruda — disse o escultor — me permite oferecer meus humildes talentos mais uma vez para ajudar a encontrar nossa princesa perdida?

— E como pretende fazer isso? — perguntou o Fauno, enquanto as fadas lambiam as lágrimas de seus dedos com garras.

— Permita-me responder à sua pergunta — disse Cintolo. — Ainda não sei se minhas mãos serão capazes de criar o que vejo em minha mente. Mas espero que, apesar do meu silêncio, Vossa Alteza concorde em posar para mim para que eu possa esculpi-lo.

— Esculpir-me?

O Fauno ficou surpreso com o pedido de Cintolo. Mas, no rosto daquele velho homem, ele viu paixão, paciência e uma das virtudes mais valiosas do mundo em uma época de tamanho desalento: esperança. Então o Fauno se livrou de todos os seus afazeres — ele era ocupadíssimo — para posar com calma para o escultor.

Cintolo não usou pedra. Ele esculpiu o Fauno diretamente na madeira, que sempre traz a lembrança de que foi árvore um dia, uma árvore viva em ambos os reinos, o superior e o subterrâneo.

Cintolo demorou três dias e três noites para concluir o trabalho, quando então pediu que o Fauno se levantasse na cadeira, e lá estava sua escultura em madeira.

— Peça que essa criatura encontre a princesa, Vossa Alteza Chifruda — disse o escultor. — Prometo que nunca vai descansar ou morrer antes de encontrá-la.

O Fauno sorriu ao observar outra qualidade rara no rosto daquele homem velho: fé. Fé em sua arte e no que ela era capaz de fazer. E, pela primeira vez em muitos anos, o Fauno teve esperança novamente.

Mas havia muitas estradas no Reino Superior e, embora a criatura esculpida tivesse cruzado florestas e desertos, prados e montanhas, não encontrou a princesa perdida, portanto não cumpriu a promessa feita por seu criador. Cintolo ficou arrasado e, quando a Morte bateu à porta de seu ateliê, ele não a dispensou. Ao contrário, o homem a seguiu na esperança de ocultar seu fracasso na terra do esquecimento.

A criatura de Cintolo sentiu terrivelmente sua morte. Seu corpo de madeira, envelhecido e desgastado pelo vento, pela chuva e pelas centenas de quilômetros percorridos na busca enrijeceu de tristeza, e seus pés não conseguiram dar mais nenhum passo. Duas colunas brotaram entre as samambaias, demarcando o caminho que seguira. Elas tinham os rostos tristes do rei e da rainha que procuraram a filha por tanto tempo, em vão. Determinado a cumprir sua missão, a criatura arrancou o olho direito e o deixou no solo da floresta. Então caminhou a passos firmes em direção às samambaias, se transformou em pedra frente ao rei e à rainha com quem falhara, e sua boca se abriu num último suspiro petrificado.

O olho, eterna testemunha das habilidades do escultor, permaneceu no chão molhado por incontáveis dias e noites. Até que, certa tarde, três carros pretos entraram na floresta e estacionaram debaixo das árvores anciãs. De um dos veículos saltou uma garota. Ela andou por ali e tropeçou no olho que Cintolo esculpira. Então o pegou do chão e olhou ao redor para descobrir de onde tinha saído. Viu as três colunas desgastadas, mas não reconheceu seus rostos. Muitos anos haviam se passado.

Mas ela notou que uma das colunas não tinha um olho. Então passou por entre as samambaias até parar diante da coluna que um dia fora o fauno de madeira de Cintolo. O olho do chão encaixou perfeitamente no buraco daquele rosto castigado pelo tempo, e, naquele momento, uma alcova tão profunda se abriu sob os pés da menina que só as raízes das árvores mais altas chegariam lá. O Fauno levantou a cabeça.

— Finalmente! — sussurrou ele.

Ele colheu uma flor de rubi nos jardins reais para enfeitar o túmulo de Cintolo e mandou uma de suas fadas atrás da garota.

~VI~
no labirinto

Ofélia acordou ao som de asas tremulantes. Um farfalhar seco, como o de um besouro: irritado, breve, seguido do barulho de algo se movendo no escuro. As velas e a lareira apagadas. Estava muito frio.

— Mãe! — sussurrou Ofélia. — Acorda! Tem alguma coisa no quarto.

Mas sua mãe não acordou. As gotinhas do dr. Ferreiro haviam lhe proporcionado um sono profundo e tranquilo. Então Ofélia se sentou na cama, tremendo de frio, embora usasse o suéter de lã como pijama, e ficou escutando...

Ali!

Estava bem em cima dela! Ofélia empurrou os cobertores para acender a luz, mas voltou para debaixo deles quando sentiu algo roçar suas pernas.

Então ela viu.

A fada-inseto estava sentada ao pé da cama, a antena comprida tremelicando, as longas pernas dianteiras se mexendo sem parar, a boca gorjeando em uma língua que, Ofélia tinha certeza, saíra diretamente das histórias que lia nos livros.

A menina prendeu a respiração quando a criatura saiu galopando pelo cobertor que protegia suas pernas paralisadas. A fada então atravessou o vasto campo de lã e finalmente parou a trinta centímetros de Ofélia, que notou, um pouco surpresa, que seu medo tinha desaparecido. Sim, sumira! Ela se encheu de alegria, como se um velho amigo a tivesse encontrado naquele quarto escuro e frio.

— Oi! — sussurrou ela. — Você me seguiu?

A antena se contraiu, e os estalos estranhos emitidos pela visitante fizeram Ofélia se lembrar do barulho da máquina de costura do pai e da agulha que batia suavemente no botão que ele pregava no vestido de sua boneca.

— Você é a Fada, não é?

A visitante parecia não ter certeza.

— Espere aí! — Ofélia pegou um dos livros de contos de fadas que estavam na mesinha de cabeceira e o folheou, em busca da página que mostrava o desenho em preto da silhueta que ela observava com tanta frequência. — Achei! — Ela virou o livro para a visitante. — Está vendo? Isso é uma fada.

Bem. Se a garota achava... A visitante de Ofélia resolveu entrar na brincadeira. Ergueu-se nas patas traseiras e, ficando de costas para a menina, escondeu a antena e deixou o corpo seco e alongado bem parecido com o da mulherzinha da ilustração. Ao se transformar, ela deu uma forma ligeiramente nova às suas asas. Fez com que parecessem folhas. Então levantou as mãos agora humanas e, coçando as orelhas pontudas com os dedos que haviam crescido, comparou mais uma vez sua silhueta com a da imagem. Sim. A metamorfose tinha sido um sucesso. Na verdade, esse corpo se tornou seu novo favorito, embora ela tenha mudado muitas vezes de forma durante sua vida imortal. Mudar fazia parte de sua natureza. Era parte de sua magia e a brincadeira de que mais gostava.

Mas estava na hora de cumprir a tarefa que lhe fora designada. Ela voou em direção à cama com suas novas asas e dirigiu-se à garota com veemência. *Venha comigo!*, gesticulou, indicando-lhe a urgência que a missão dada por seu mestre exigia. Ele não era muito paciente.

— Quer que eu siga você? — perguntou Ofélia. — Lá para fora? Onde?

Perguntas demais. Humanos faziam muitas perguntas às fadas, que geralmente não conseguiam responder nem metade. A Fada voou para a porta. As asas folhosas estavam funcionando muito bem, mas ela ainda não confiava naquele corpo novo. Os membros dos insetos costumavam ser mais leves e velozes.

Não importava. Seu mestre estava à espera.

Não havia medo no coração de Ofélia quando ela calçou os sapatos e seguiu a Fada noite afora. Parecia que já a tinha seguido, e quem não iria atrás de uma fada, mesmo se ela aparecesse na calada da noite? Provavelmente elas sempre apareciam em momentos assim. E não havia escolha a não ser segui-las. Era o que diziam os livros, e não pareciam seus contos mais verdadeiros do que aquilo que os adultos fingiam ser o mundo? Só os livros abordavam todas as coisas sobre as quais os adultos não queriam conversar: Vida. Morte. O Bem e o Mal. E tudo mais que tinha alguma importância na vida.

Ofélia não se assustou quando o arco de pedra surgiu em meio à escuridão.

A Fada passou por ele rodopiando. Mercedes não estava ao lado de Ofélia para detê-la, não naquele momento. As muralhas antigas do labirinto surgiam de todos os lados, levando-a cada vez mais longe, para círculos sem fim, e toda vez que Ofélia parava em um dos cantos do labirinto, hesitante, a Fada a encorajava. *Me siga! Me siga!* Ofélia tinha certeza de que era isso que ela gorjeava enquanto ora flutuava sobre sua cabeça, ora seguia ao seu lado.

Há quanto tempo estava andando? Ofélia não sabia. As muralhas antigas emolduravam o céu noturno, e os sapatos da menina estavam encharcados do orvalho escorrendo dos musgos que acarpetavam os caminhos serpenteados. Parecia um sonho, e nos sonhos o tempo não existe. De repente, as muralhas se abriram, e Ofélia adentrou um pátio. No centro, havia um enorme poço de pedra fincado no chão e uma escada que descia. Ofélia não sabia quantos degraus havia na escada que parecia infinita, pois a escuridão engolia todos eles. Um sussurro úmido veio do poço, e Ofélia sentiu outra pontada de medo, mas também um chamado à aventura.

Ela seguiu a Fada, que continuava gorjeando e rodopiando à sua frente, e se pôs a descer os degraus, se embrenhando cada vez mais fundo no subsolo. A escada levava ao fundo do poço, mas não havia água, só um monolito esculpido e muito parecido com os que ela vira na floresta. Parecia igualmente antigo, mas aquele era mais alto e rodeado de canais de pedra esculpidos no chão, formando um labirinto que espelhava o da superfície. Um ruído ecoava das sombras atrás do monolito, como se algo enorme se movesse ali. Ofélia já estava muito assustada, mas a Fada continuava insistindo que prosseguissem. Seguindo a Fada, ela enfim desceu os últimos degraus e chegou ao fundo do poço.

— Olá? — chamou Ofélia. — Olá! — Ela pensou ter ouvido o som da água corrente ecoando no poço. — Eco! — gritou ela, enquanto a Fada rodopiava em volta da pilastra. — Ecoooo! — repetiu, para afugentar o silêncio.

A Fada pousou no tronco de uma árvore morta. Parecia uma árvore, pelo menos. Mas quando a criatura alada tocou na superfície retorcida com as mãos, algo estremeceu, e o que Ofélia pensara que fosse a ruína envergada de uma árvore velha se mexeu, se aprumou e se virou para ela.

O que quer que fosse era enorme, assim como os chifres encurvados de sua cabeça gigantesca. O rosto que escrutinava Ofélia com olhos felinos era diferente de todos que a menina já vira até então. Uma barba de cabra cobria seu queixo, e as bochechas e a testa exibiam os mesmos ornamentos entalhados na coluna. Quando a criatura se libertou da teia de musgo e das vinhas ressecadas que a prendiam à parede, Ofélia percebeu que seu corpo era metade de homem e metade de cabra. Insetos e pedaços de terra rebocada caíram dele, e seus ossos estalaram assim que mexeu os braços e as pernas, como se a criatura tivesse passado tempo demais ali nas sombras.

— Ah, é você! — exclamou ele. Sim, Ofélia sabia que era "ele". — Você voltou!

A criatura deu um passo tímido e desajeitado na direção da menina, estendendo os dedos pálidos de garras feito raízes. Ela era mesmo enorme, muito mais alta do que um homem, e suas patas pareciam de cabra. Seus olhos, embora parecessem de gato, eram azuis, um tom azul-claro, feito pedaços descolados do céu, com pupilas quase invisíveis, e sua pele lembrava uma casca rachada e coberta de mato, como se tivesse passado séculos ali, esperando...

A Fada gorjeava cheia de orgulho. Trouxera a garota, como seu mestre ordenara.

— Olhe! Olhe quem sua irmã me trouxe! — ronronou ele, abrindo a bolsa de madeira que usava cruzada no corpo.

As duas fadas voaram e adotaram a mesma forma que a irmã tinha copiado das páginas do livro. O mestre chifrudo riu com alegria quando elas rodearam Ofélia, que esfregava os braços para se proteger do ar úmido e frio do poço ainda que estivesse de suéter por cima do pijama. Não era de se admirar que o mestre das fadas se movesse com tanta aspereza. Ou talvez ele só fosse velho. Parecia velho. Muito.

— Meu nome é Ofélia — disse ela, esforçando-se para soar corajosa e nada intimidada pelos chifres e estranhos olhos azuis. — Quem é você?

— Eu? — A criatura apontou para o próprio peito ressecado. — Ha! — Ele fez um gesto de desdém, como se nomes fossem a coisa menos importante do mundo. — Alguns me chamam de Pã. Mas eu tenho muitos nomes! — Com passos pesados, ele avançou. — Nomes tão antigos que só o vento e as árvores conseguem pronunciar... — Ele desapareceu atrás do monolito, mas Ofélia ainda ouvia sua voz rouca e rispidamente hipnótica. — Eu sou a montanha, a floresta, a terra. Eu sou... argh... — Ele soltou um balido de cabra, e parecia ao mesmo tempo muito velho e muito jovem quando reapareceu na frente da menina. — Eu sou — ele balançou os membros e rugiu como um carneiro velho — um Fauno! E eu sou, como sempre fui e sempre serei, seu mais humilde servo, Vossa Alteza.

Ofélia ficou sem palavras quando, com muito esforço, ele baixou a cabeça chifruda e dirigiu a ela uma profunda reverência. *Vossa Alteza?* Ah, não. Ele a confundiu com outra pessoa! Claro. Ela deveria ter percebido! Por que uma fada iria atrás dela? Era só a filha de um alfaiate.

— Não! — conseguiu dizer a menina por fim, recuando. — Não, eu...

O Fauno ergueu a cabeça e aprumou as costas rígidas.

— Você é a princesa Moanna...

— Não, não! — protestou Ofélia. — Eu sou...

— A filha do rei do Subterrâneo — interrompeu o Fauno.

Do que ele estava falando? Suas palavras assustaram mais Ofélia do que a noite ou aquele lugar tão distante da cama aquecida pelo corpo de sua mãe. Embora desejada, a verdadeira magia é assustadora.

— Não! Não! — protestou ela mais uma vez. — Meu nome é Ofélia. Minha mãe é costureira e meu pai era alfaiate. Acredite em mim.

Ofélia sentiu a impaciência do Fauno quando ele balançou categoricamente a cabeça chifruda, mas também percebeu um traço de diversão em seu rosto exasperado.

— Que tolice a sua, Vossa Alteza. — Ele apontou o dedo em garra para ela. — Você não nasceu de um útero humano. A lua lhe deu à luz.

As fadas assentiram vigorosamente com suas cabecinhas. Um feixe do luar iluminou o buraco do poço, como se quisesse acrescentar provas à declaração do Fauno, banhando as asas das fadas de prata.

— Olhe para seu ombro esquerdo — pediu o Fauno. — Vai encontrar uma marca que prova o que estou dizendo.

Ofélia fez o que ele indicou, mas não ousou tirar a roupa e expor sua pele. Não sabia o que a assustava mais: o Fauno ter falado a verdade ou que tudo fosse mentira.

Uma princesa!

— Seu pai verdadeiro nos fez abrir portais no mundo todo para permitir que você voltasse. Este é o último. — O Fauno indicou a alcova onde estavam. — Mas antes que você tenha permissão para voltar ao reino, temos que nos certificar de que sua essência está intacta e de que você não se tornou uma mortal. Para tirar a prova... — Mais uma vez ele revirou a bolsa.

— Você precisa completar três tarefas antes da lua cheia. — Ele puxou um livro que parecia grande demais para caber ali. Tinha uma capa de couro marrom. — Este é o *Livro das encruzilhadas* — disse o Fauno ao entregá-lo para Ofélia. As linhas de sua testa se movimentavam como se tivessem sido desenhadas pelo vento e pelas ondas. — Só abra quando estiver sozinha...

A bolsinha que entregou a ela depois fez barulho quando Ofélia a chacoalhou, mas o Fauno não lhe disse o que fazer com aquilo. Ele só a observou com seus olhos azul-claros.

— O livro lhe mostrará o futuro — disse ele, voltando para as sombras. — E o que deve ser feito.

O livro era tão grande que Ofélia mal conseguiu segurá-lo. Quase escorregou de suas mãos quando ela tentou abri-lo.

As páginas estavam vazias.

— Não tem nada escrito aqui! — disse ela.

Mas, quando ergueu os olhos, o Fauno e as fadas já tinham partido. Acima dela havia o céu noturno e, sob seus pés, o labirinto.

~VII~
dentes afiados

A navalha de Vidal era maravilhosa, com uma lâmina brilhante e mais afiada que os dentes de um lobo. O cabo era de marfim, e o aço, de fabricação alemã. Ele a encontrara na vitrine de um estabelecimento saqueado em Barcelona. Uma loja luxuosa que vendia artigos masculinos: kits de viagem, de higiene, cachimbos, canetas e pentes. Mas para Vidal sua navalha era mais que um instrumento de higiene. Era uma ferramenta que dava ao homem o poder de picar e cortar. A navalha era sua garra, seus dentes.

Os homens eram criaturas vulneráveis, sem pelos ou escamas para proteger a pele macia. Então, todas as manhãs, Vidal se esmerava para parecer uma fera ainda mais perigosa. Quando a navalha deslizava por suas bochechas e seu queixo, a acuidade tomava conta de seu corpo. Na verdade, Vidal gostava de imaginar que ela transformava seu coração, raspada após raspada, em metal. Ele adorava admirar a ordem e o brilho que a lâmina dava a seu rosto, exatamente o que faltava àquele fim de mundo. Ele não ia descansar até que a floresta suja fosse como o rosto limpo e recém-barbeado que via no espelho toda vez que a navalha concluía sua tarefa.

Ordem. Força. E o belo brilho do metal. Sim, coisas que ele trouxe para aquele lugar. Lâminas cortam árvores e homens com muita facilidade.

Com o rosto limpo, era hora de engraxar os sapatos. Fez isso com tanta perícia que o couro refletiu a luz da manhã. *Morte*, sussurrou ele, em sua escuridão luminosa. Enquanto soprava a fumaça do primeiro cigarro do dia, Vidal imaginou o som de botas em marcha se misturando agradavelmente à música que seu fonógrafo derramava sobre a manhã. A música que o capitão ouvia era divertida e estranhamente diferente do som da navalha e das botas. Ela eliminava o clima de morte e crueldade que consistia na trilha sonora da sua vida.

Vidal estava dando os toques finais no engraxe das botas quando Mercedes entrou no quarto com pão e café.

Ela não conseguiu desviar o olhar dos dois coelhos magricelas que estavam na mesa, ao lado do relógio de bolso que ninguém podia tocar. As cozinheiras passaram a manhã inteira fofocando sobre o que Vidal fizera com os caçadores que tinham saído para procurar comida para a família. Pai e filho. Mercedes tirou a caneca de metal com café da bandeja e a colocou entre os coelhos. Quanta maldade. Era o que ela mais via naquele lugar. Às vezes se perguntava se a crueldade já tinha coberto o próprio coração, feito mofo.

— Mercedes. — Sempre soava como ameaça quando Vidal entoava seu nome, embora o homem sempre falasse com ela num tom tão suave que a fazia se lembrar de um gato escondendo as garras sob o pelo aveludado. — Prepare esses coelhos para o jantar de hoje.

Ela recolheu e examinou os corpos esqueléticos.

— Muito miúdos para uma refeição farta — observou ela.

Onde estavam as meninas doentes que deveriam alimentar?, perguntou-se Mercedes. Lá fora, no pátio, um dos soldados tinha imitado o velho implorando pela vida do filho. Riu ao descrever como Vidal havia matado os dois. Será que tinham nascido cruéis, esses soldados que ferem, queimam e matam? Haviam sido crianças como Ofélia. Mercedes temia por ela. A menina era inocente demais para aquele lugar, e a mãe não tinha forças para protegê-la. Era uma daquelas mulheres que buscavam a força nos homens, em vez de reconhecê-la no próprio coração.

— Bem — disse Vidal —, então faça um ensopado e aproveite a carne das patas traseiras.

— Sim, *señor*.

Mercedes se obrigou a encará-lo e não recuou quando o capitão se levantou da cadeira, embora temesse que ele notasse o ódio em seus olhos. Porém, se ela baixasse o olhar, o homem entenderia como culpa ou medo, o que era muito mais perigoso. A culpa o faria desconfiar, e o medo o deixaria sedento por mais.

— Esse café está um pouco queimado. — Ele gostava de ficar bem perto dela enquanto falava. — Prove.

Mercedes pegou a caneca preta de metal com a mão esquerda, ainda segurando os coelhos com a direita. Pobrezinhos.

Em breve você vai estar tão morta quanto eles, Mercedes, sussurrou o coração dela. *Se continuar fazendo essas coisas.*

Vidal a observava de perto.

— Você tem que prestar atenção nessas coisas, Mercedes. É a governanta da casa.

Ele colocou a mão, tão macia e limpa, no ombro dela. Mercedes desejou que seu vestido fosse de um tecido mais grosso quando Vidal deslizou a mão por seu braço. A peça de roupa estava tão gasta que ela sentiu aqueles dedos percorrerem sua pele.

— Como quiser, *señor*.

Vidal era um tarado, embora todos soubessem que ele desprezava as mulheres. Mercedes se perguntou se a mãe de Ofélia não tinha notado o desdém nos olhos dele sempre que a abraçava.

O capitão não a chamou de novo depois que ela saiu do cômodo, mas Mercedes sentiu o olhar fixo dele em suas costas como a ponta de uma faca.

Ela levou os coelhos para a cozinha e disse para Mariana, a cozinheira, que o *capitán* tinha reclamado do café.

— Mas é mesmo um pirralho mimado! — resmungou ela.

As outras funcionárias gargalharam. Rosa, Emilia, Valeria... a maioria não tinha motivo para temer o *capitán*, afinal era raro o encontrarem pessoalmente. Elas não queriam ver o que ele e seus homens faziam. Mercedes gostaria também de poder fechar os olhos dessa maneira. Embora as mulheres mais velhas já tivessem visto tanto que não se importavam mais.

— Precisamos de mais um frango e uns bifes para o jantar.

Mercedes encheu dois baldes com água que uma das funcionárias havia fervido. A mãe de Ofélia tinha pedido, para o banho.

— Mais frango e uns bifes? Onde vamos conseguir isso? — zombou a cozinheira.

Mariana era de um vilarejo próximo, e dois de seus filhos estavam no Exército. "Homens gostam de brigar. Eles nasceram para isso", ela vivia dizendo. E não importava o motivo da luta. E quanto às mulheres?

— Ele convidou todo mundo para o jantar — disse Mercedes. — O padre, o general, o médico, o prefeito, a esposa... Temos que dar um jeito de alimentar todos eles.

— E toda essa gente junta come mais do que um chiqueiro inteiro! — gritou a cozinheira enquanto Mercedes carregava os baldes para a escada.

Estavam rindo enquanto limpavam a mancha de sangue que os coelhos tinham deixado na mesa.

Elas não queriam saber.

~VIII~
uma princesa

Ofélia não contou à mãe sobre o labirinto ou o Fauno. Estava se sentindo mais próxima dela antes de sair para ir atrás da Fada. Mas as palavras do Fauno ecoavam em sua mente quando ela voltou para a cama quentinha e ficou deitada no escuro olhando para a mãe e se perguntando se era mesmo filha dela.

A lua crescente. Mãe.

A menina se sentiu muito culpada quando o sol claro da manhã brilhou pelas janelas empoeiradas e sua mãe sorriu e beijou sua testa, como se quisesse afastar aqueles pensamentos da filha.

Não traia sua mãe!, disse Ofélia para si mesma enquanto Mercedes e a outra ajudante enchiam a banheira com água quente. *Ela é muito solitária! Tanto quanto eu...* A banheira parecia ter pertencido a uma casa bem maior do que aquela, na cidade. Muitas dessas casas tinham sido destruídas na guerra que matou seu pai, e Ofélia brincava nessas ruínas com as amigas, fingindo que eram os fantasmas das crianças que moraram naqueles cômodos abandonados.

— O banho não é para mim. É para você, Ofélia! Levante-se!

A mãe sorriu para ela, mas a menina sabia que aquele sorriso era para o Lobo. A mulher queria que a filha estivesse limpa e arrumada para o homem, o cabelo penteado, os sapatos engraxados. Os olhos e as bochechas pálidas da mãe brilhavam quando ele estava por perto, embora o homem mal prestasse atenção na esposa.

Ofélia queria contar para Mercedes sobre o Fauno, talvez porque a criada já lhe tivesse alertado sobre o labirinto, ou porque Mercedes também tivesse segredos. Nos olhos dela havia uma compreensão sobre o mundo que Ofélia não encontrava nos olhos da mãe.

— Ofélia!

Com um vestido branco, a mãe parecia uma noiva. Sentou-se na cadeira de rodas, como se o Lobo tivesse roubado seus pés. Ele a tinha aleijado. A mulher costumava dançar na cozinha enquanto cozinhava. O pai de Ofélia adorava isso. A menina subia no colo dele, e juntos a observavam dançar.

— Seu pai vai oferecer um jantar esta noite. Olhe só o que eu fiz para você!

O vestido que segurava era tão verde quanto a floresta.

— Gostou? — perguntou ela, acariciando o tecido sedoso. — Eu daria tudo para ter um vestido lindo assim quando era da sua idade! Também fiz um avental branco! E veja só esses sapatos!

Eram tão pretos e brilhantes quanto as botas dos soldados. Não combinavam com a floresta, assim como o vestido, apesar da cor.

— Gostou?

Os olhos da mãe estavam arregalados de euforia. Estava tão ávida para agradar que parecia uma garotinha sapeca querendo se redimir depois de uma bronca. Ofélia sentiu pena dela e ficou envergonhada.

— Sim, *mamá* — sussurrou ela. — São muito bonitos mesmo.

Os olhos da mãe mostraram preocupação. *Me ajude*, imploravam. *Me ajude a agradá-lo*. Ofélia sentiu um frio repentino. Como se estivesse de volta ao labirinto, as sombras das muralhas enegrecendo seu coração.

— Vá logo — disse a mãe, baixando o olhar, as pálpebras pesadas de decepção. — Vá tomar banho antes que a água esfrie. Todo esse trabalho...

Carmen passara tantas horas costurando o vestido que não queria ver a verdade estampada nos olhos da filha: não tinha feito a peça para Ofélia, e sim para o homem que ela pedira que a filha chamasse de "pai", embora um homem morto fosse o dono desse título.

Todos nós inventamos nossos contos de fadas. *O vestido vai fazer com que ele ame minha filha*. Essa foi a fábula que Carmen Cardoso inventara para si, por mais que soubesse que Vidal só se importava com o bebê que estava para nascer, de quem ele era o pai. É um pecado terrível trair um filho por causa de um novo amor, e os dedos da mãe de Ofélia tremiam enquanto ela abria os botões do vestido, ainda sorrindo, fingindo que o amor e a vida eram do jeito que ela gostaria que fossem.

O banheiro estava repleto de véus brancos de vapor. Ao fechar a porta, Ofélia sentiu o calor e a umidade na pele. A banheira parecia um convidativo barco branco de porcelana de partida para a lua, mas o banho quente não fora o motivo pelo qual Ofélia queria ficar sozinha.

Ela escondera o livro do Fauno e a bolsinha atrás do aquecedor na noite anterior, com medo de que a mãe os encontrasse. Era o segredo dela e, apesar do desinteresse da mãe pelos livros, a menina temia que o presente do Fauno perdesse a magia se mais alguém o visse ou nele tocasse.

Ela mal conseguiu segurar o livro no colo quando se sentou na beirada da banheira. A capa de couro lembrava uma casca de árvore gasta, e as páginas ainda estavam em branco, mas de algum modo Ofélia sabia que isso mudaria. Todas as coisas verdadeiramente importantes não estão à mostra. Ofélia era nova demais para saber isso.

E, de fato, uma das páginas em branco começou a ser inundada por uma tinta marrom e verde-clara assim que Ofélia a tocou. Em seguida, a ilustração de um sapo apareceu no lado direito da página, depois a de uma pequena mão e a de um labirinto. Flores passaram a cobrir os cantos da página, e no meio uma árvore velha e torta começou a se formar, os galhos desfolhados tortos como chifres, e o tronco, rachado e oco.

Havia uma garota ajoelhada, espiando Ofélia. Estava descalça, mas usava um vestido verde e um avental branco idênticos aos que a mãe costurara para ela. Quando a imagem da página da direita terminou de se formar, a página da esquerda começou a ser preenchida com letras em tom sépia, tão antigas que parecia que um iluminador de manuscritos invisível as escrevia com um pincel feito dos pelos da cauda de uma marta-zibelina. As letras eram tão bonitas que Ofélia ficou um tempo só admirando antes de começar a ler:

Era uma vez, quando os bosques ainda jovens
serviam de casa para criaturas
cheias de magia e encanto...

— Ofélia! — A mãe bateu à porta. — Anda! Quero ver você com o vestido. Quero que fique linda. Para o *capitán*.

Traição...

Ofélia se olhou no espelho. O vapor o embaçou, desfocando o reflexo. Ofélia tirou o roupão.

— Você vai ficar uma princesa! — disse a mãe, do lado de fora.

Ofélia encarou sua imagem.

E lá estava: a lua em foice rodeada por três estrelas, tão nítidas que parecia que alguém as tatuara em sua pele com a tinta sépia das páginas do livro. O Fauno dissera a verdade.

— Uma princesa — sussurrou Ofélia.

Ela olhou para seu reflexo.

E sorriu.

~IX~
leite e remédios

Claro que haveria comida suficiente para os convidados do *capitán*. Seus capangas garantiriam isso, e todo mundo na cozinha sabia como. Algumas famílias da região passariam fome durante alguns dias, mas o que poderiam ter dito quando os soldados bateram à porta para pedir o frango ou as batatas que as camponesas tinham guardado para alimentar os filhos? Mercedes sentia vergonha enquanto cortava os legumes com as outras cozinheiras. Só assim as mulheres podiam usar facas: para cortar os alimentos dos homens que usam facas para matar e que mataram os maridos, os filhos e filhas dessas mulheres.

A faca com a qual ela cortava as cebolas era igual à que as ajudantes de cozinha escondiam debaixo dos aventais, na barriga, em segurança e à mão: lâmina curta, com cerca de sete centímetros, feita de aço barato e cabo de madeira carcomido.

A jovem não conseguia tirar os olhos da lâmina. Ainda se lembrava das mãos do *capitán* em seu braço. E se ele não a deixasse ir embora um dia? As outras não tinham ideia do que ela estava pensando quando guardou a faca na dobra do avental manchado. Elas riam e fofocavam para esquecer os homens fardados lá fora e seus filhos lutando uns contra os outros. E talvez tivessem razão. Talvez a vida fosse mais do que isso. Ainda havia o silêncio da floresta, o calor do sol, a luz da lua. Mercedes queria rir com elas, mas seu coração estava muito cansado. Sentia medo havia tempo demais.

— Limpem direito esses frangos — disse ela. — E não esqueçam o feijão.

Sua voz parecia mais áspera do que suas intenções, mas as outras não estavam prestando atenção nela. Todas sorriam para Ofélia, parada na porta da cozinha com seu vestido verde e seu avental branco que Mercedes tinha passado com o mesmo cuidado com o qual a mãe de Ofélia os costurara. As roupas faziam a garota parecer a personagem de um livro que Mercedes amava quando criança. A mãe sempre dava livros para ela e o irmão. Era professora, mas seus livros não a protegeram quando os soldados atearam fogo em seu povoado. As chamas levaram a mãe e os livros.

— Você está maravilhosa, menina! — exclamou a cozinheira. — Muito linda.

— Sim! Que vestido bonito! — disse Rosa, cheia de ternura.

Tinha uma filha da mesma idade de Ofélia, que encarnava a lembrança dos filhos e netos de todas elas, e das meninas que haviam sido um dia.

— Voltem ao trabalho! Chega de perder tempo — ordenou Mercedes, embora também sentisse aquela ternura no coração.

Ela se aproximou de Ofélia e endireitou a gola de seu vestido com delicadeza. A mãe da garota era uma costureira talentosa e, por um breve momento, o vestido que costurara para a filha enfeitiçou todas na cozinha do velho moinho: o vestido e o rosto iluminado da menina, tão radiante e bonita quanto uma flor recém-desabrochada. Sim, por um instante acreditaram que o mundo era um lugar pacífico e unido de novo.

— Quer um pouco de leite com mel?

Ofélia aceitou, e Mercedes a levou para fora da cozinha, onde havia uma vaca marrom sob as árvores, a teta cheia de leite, que descia quente e branco pelos dedos de Mercedes, enchendo um balde.

— Chegue para trás — disse ela. — Não pode sujar de leite o vestido. Está parecendo uma princesa.

Ofélia, hesitante, se afastou.

— Mercedes, você acredita em fadas? — perguntou, acariciando o flanco macio da vaca.

A mulher apertou as tetas da vaca mais uma vez.

— Não. Mas quando eu era criança, acreditava. Já acreditei em muitas coisas.

A vaca mugiu, impaciente. Queria alimentar os bezerros, não os homens. Mercedes a acalmou com afagos e palavras doces.

Ofélia esqueceu o vestido e o leite e parou ao lado dela.

— Uma fada me visitou na noite passada — contou a menina.

— É mesmo?

Mercedes mergulhou uma tigelinha no balde e a encheu de leite morno.

Ofélia assentiu, de olhos arregalados.

— É. E ela não estava sozinha! Eram três. E um fauno também!

— Um fauno? — perguntou Mercedes, se empertigando.

— É. Ele era muito velho... muito alto e muito magro... — Ofélia desenhou uma figura enorme no ar. — Parecia velho, tinha cheiro de velho... e de mofo. Tipo terra molhada de chuva. Tipo o cheiro dessa vaca.

E eu queria contar isso para você, os olhos da menina pareciam dizer. *Acredite em mim, Mercedes!* É difícil ter segredos e não poder dividi-los com alguém, ou acreditar na verdade que as pessoas não querem ver. Mercedes sabia de tudo isso.

— Um fauno — repetiu ela. — Minha mãe sempre me avisou para tomar cuidado com faunos. Às vezes eles são bons, outras vezes não...

Essa lembrança a fez sorrir; a lembrança e a menina. Mas seu sorriso murchou assim que viu o *capitán* vindo em sua direção com um dos capangas ao lado. O mundo imediatamente ficou imerso em sombras.

— Mercedes!

Ele ignorou a menina por completo e, por alguns segundos, Mercedes quase acreditou que Ofélia não estivesse mesmo ali.

— Venha comigo. Preciso de você no celeiro.

Ela o seguiu. Claro. Embora quisesse ficar ali com a menina, o leite morno e o bafo da vaca em sua pele.

Alguns soldados estavam descarregando um caminhão na porta do celeiro. O tenente Medem cumprimentou Vidal.

LEITE E REMÉDIOS

— Trouxemos tudo conforme o combinado, *capitán*. — A farda do tenente era tão limpa e rígida quanto a de um soldadinho de brinquedo. — Farinha, sal, azeite, remédios — listou ele, indicando o caminho para o celeiro. — Azeitona, bacon...

Apontou com orgulho para os cestos e as caixas empilhados. As prateleiras empoeiradas estavam abarrotadas de pacotes e latas.

Vidal cheirou um embrulho pequeno de papel pardo. Ele gostava de tabaco. E de álcool.

— E aqui estão os cartões de racionamento.

As poucas dúzias de cartões que o tenente Medem entregou para Vidal eram preciosas numa época em que a guerra devastava as colheitas e nem mesmo os agricultores conseguiam alimentar seus filhos, pois o Exército controlava o que restava. As caixas que os homens de Medem trouxeram para o moinho poderiam alimentar mais de um vilarejo. Mas Mercedes não olhou para as caixas de comida. Ela parou diante de uma pilha que exibia uma cruz vermelha. Remédios. Mais do que suficiente para curar quase todos os tipos de ferimentos. Inclusive um na perna.

— Mercedes. — Vidal estava examinando a fechadura do celeiro. — A chave.

Ela pegou uma chave do chaveiro que trazia no bolso e a entregou para ele.

— É a única?

Ela assentiu.

— De agora em diante fica comigo.

Aquele olhar novamente. O que ele sabia?

— *Capitán!* — chamou Garcés, do lado de fora, magro como uma doninha e sempre sorrindo para as empregadas.

Vidal o ignorou. Continuou encarando Mercedes, a chave nas mãos, lançando um olhar ameaçador e provocante, fazendo seu jogo favorito: o do medo.

Ele sabe, pensou ela mais uma vez. *Não, não sabe, Mercedes. Ele olha assim para todo mundo.* Ela soltou o ar quando ele finalmente se virou e saiu do celeiro. *Respire, Mercedes.*

Vidal se aproximou de Garcés, que examinava a floresta com binóculos.

— Talvez não seja nada, *capitán* — Mercedes o ouviu dizer ao entregar os binóculos para Vidal.

Mas ela conseguia ver a olhos nus: um sinal fino e quase invisível de fumaça saindo da copa das árvores e desenhando uma linha traiçoeira no céu azul.

Vidal baixou os binóculos.

— Não. São eles. Tenho certeza.

Em segundos já estavam montados nos cavalos. Mercedes os observou entrando na floresta. Só homens incendeiam florestas, homens que os soldados queriam capturar.

Respire, Mercedes.

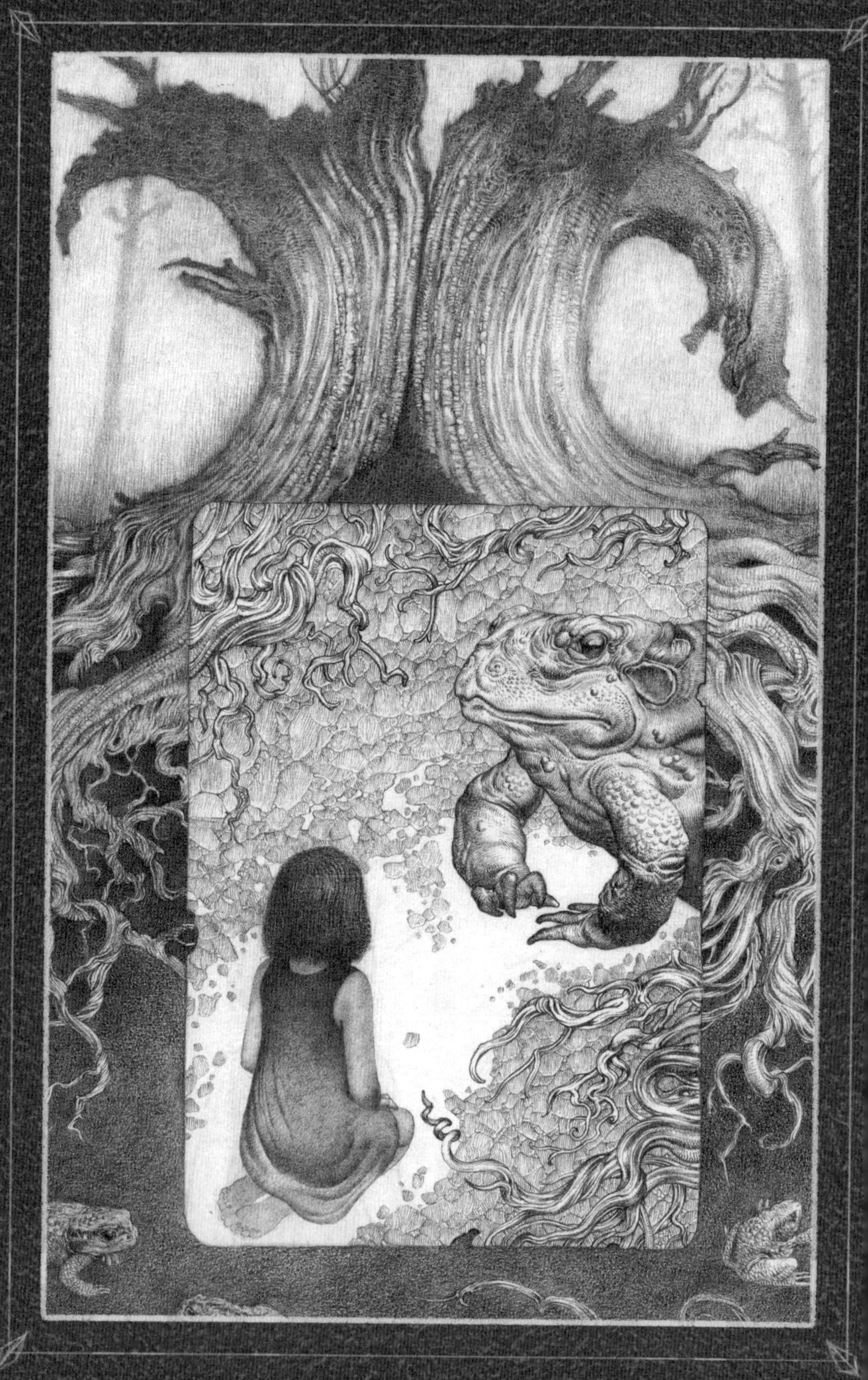

o labirinto

Era uma vez um nobre de nome Francisco Ayuso. Ele gostava de caçar na floresta próxima ao seu palácio. Era uma floresta antiga, muito antiga, e ele se sentia mais jovem entre as árvores.

Um dia, Ayuso e seus homens estavam perseguindo uma espécie rara de veado que tinha pelos tão prateados quanto a lua. Eles perderam o veado de vista nos arredores de um velho moinho, e, quando Ayuso desceu do cavalo para se refrescar no lago ali perto, encontrou uma moça dormindo em uma de suas margens, entre agriões e lírios. Seu cabelo era tão preto quanto as asas da graúna, e sua pele, tão branca quanto as pétalas da rosa mais clara dos jardins do palácio de Ayuso.

Quando ele tocou seu ombro, ela acordou assustada e se afastou dele, escondendo-se atrás da árvore, como o veado perseguido por seus caçadores. Ayuso demorou um tempo para convencê-la de suas boas intenções. Ela parecia não comer fazia dias, então ele pediu que seus homens lhe servissem comida. Quando Ayuso perguntou seu nome, ela disse que não lembrava, então um dos soldados suspeitou de que ela pudesse ser uma sobrevivente do Homem Pálido, uma criatura que vagava pela região roubando criancinhas dos vilarejos vizinhos, arrastando-as para seu covil subterrâneo.

Apenas duas vítimas eram conhecidas por terem escapado da criatura, e contavam histórias horríveis sobre crianças comidas vivas e um monstro tão assustador que as impedia de dormir, por medo de encontrá-lo nos sonhos, segurando os olhos com as mãos. No entanto, quando Ayuso perguntou à moça sobre o Homem Pálido, ela só balançou a cabeça e exibiu uma expressão tão confusa que ele achou melhor poupá-la de mais perguntas, preocupado que pudessem trazer à tona lembranças que ela sabiamente esquecera.

Claro que ela não tinha casa, então Ayuso a convidou para seu palácio. Deu-lhe um quarto, roupas novas e passou a chamá-la de Alba, pois sua vida estava em branco, como um lençol. Logo Alba começou a desbravar os jardins e a se encantar com as rosas, e, poucos dias depois, os dois não desejavam nada além da companhia um do outro.

Depois de três meses, Ayuso pediu Alba em casamento e ela aceitou, pois o amava tanto quanto era amada por ele. Um ano depois, deu à luz um menino. Alba amava o filho tão profundamente quanto amava o marido, mas toda vez que olhava para a criança sentia uma tristeza enorme, afinal, não podia revelar quem era ou de onde viera. Ela estava cada dia mais inquieta, e começou a vagar pela floresta por horas, ou ficava sentada à beira do lago do velho moinho.

Ali perto morava uma mulher chamada Rocio, que era conhecida por ser uma bruxa. Ela vivia com a filha e o filho num casebre perto da Árvore Partida, onde diziam que havia um sapo venenoso no meio das raízes. As pessoas comentavam que as poções de Rocio traziam o amor verdadeiro, uma vida longa ou, caso desejado, a morte de um inimigo, mas a maioria das mulheres a consultava para interromper uma gravidez indesejada, pois mal conseguiam cuidar dos filhos que já tinham.

Certa tarde, o soldado Ayuso ordenou que seguissem Alba em segredo para se certificar de que ela estava em segurança na floresta e foi informado de que a esposa andava visitando Rocio. Ayuso ficou transtornado e confrontou a esposa, que implorou que acreditasse que só havia pedido a ajuda da bruxa para descobrir sua verdadeira identidade. A mulher dissera a Alba que a resposta só seria revelada numa noite de lua cheia num labirinto que deveria ser construído com as pedras do vilarejo vizinho, abandonado após três crianças terem sido raptadas pelo Homem Pálido.

Ayuso amava Alba mais do que qualquer coisa no mundo, então pediu que a bruxa Rocio lhe ensinasse a construir o labirinto. Rocio o levou ao lugar de sua visão. Marcou os quatro cantos com pedras e desenhou no solo da floresta os padrões das pilastras com um galho de salgueiro. No meio, disse que Ayuso construísse um poço e, dentro dele, uma escada que levasse ao fundo. Ayuso não gostava do jeito com que Rocio olhava para ele. Dava a impressão de que enxergava seus desejos mais sombrios, com tanta clareza que era como se seu coração fosse feito de vidro. Ela o assustava, e ele a odiava por isso.

— Vou fazer do jeito que está dizendo — afirmou ele —, mas, se me enganar, e minha esposa não descobrir a verdadeira identidade, vou afogar você no lago.

— Eu sei — disse ela, com um sorriso. — Cada um de nós tem que fazer sua parte, não é?

Rocio voltou para seu casebre.

O labirinto demorou dois meses para ficar pronto. Conforme a bruxa indicara, seguindo exatamente a descrição dela, os ajudantes de Ayuso usaram apenas pedras do vilarejo para construir as paredes, o poço e a escada.

Alba teve que esperar sete noites até que a lua cheia flutuasse no céu feito uma moeda de prata e banhasse o labirinto concluído, refletindo a sombra do arco moldado pelos trabalhadores no chão repleto de musgo da floresta. Eles enfeitaram o arco com os chifres de Cernunnos, um deus pagão que já habitara aquelas terras. Diziam que Rocio ainda era devota do deus.

Naquela noite, Alba ficou no labirinto até amanhecer, embrenhando-se pelos caminhos tortuosos, embora seu filho chorasse por leite em casa. Ayuso não a seguiu, com medo de que sua presença fizesse o labirinto não revelar as respostas que sua esposa tanto queria. Ele esperou a noite toda na frente do labirinto, e, quando Alba finalmente saiu, Ayuso percebeu em seu rosto que não descobrira nada.

Todos os meses ao longo do ano seguinte, na noite de lua cheia, Alba voltava ao labirinto, mas só encontrava silêncio entre as pedras, e sua tristeza aumentava cada vez mais, até que ficou muito doente, numa noite sem lua de novembro. Morreu antes de a lua ficar cheia novamente, e uma hora depois do seu último suspiro, Ayuso enviou cinco soldados ao casebre da bruxa. Eles arrastaram Rocio pela floresta e a jogaram no lago do moinho, embora o moleiro implorasse que não amaldiçoassem seu moinho daquela forma. Três homens foram necessários para afogá-la. Deixaram o corpo boiando entre os lírios para virar comida de peixe.

Quinze anos depois, o filho de Ayuso entrou no labirinto na esperança de encontrar a mãe por lá. Nunca mais o viram, e passaram-se mais 223 anos até que a profecia da bruxa se concretizasse e o labirinto revelasse o nome verdadeiro da mãe do menino. Foi preciso que ela caminhasse mais uma vez pelos corredores ancestrais no corpo de uma menina chamada Ofélia.

~X~
a árvore

Ofélia já estava na floresta quando ouviu os cavalos se aproximando. Mas não estavam vindo em sua direção, e logo o murmúrio das árvores ficou mais alto que o barulho das patas se afastando. Ofélia lia as palavras do livro do Fauno enquanto caminhava. Soavam ainda mais encantadoras sob as árvores, por isso ela lia e relia, embora não fosse fácil andar segurando o livro aberto:

Era uma vez, quando os bosques ainda jovens
serviam de casa para criaturas
cheias de magia e encanto.

Os pés de Ofélia seguiam o ritmo das palavras como se traçassem um caminho invisível.

Essas criaturas se protegiam.
Dormiam à sombra da figueira colossal
que crescera na colina perto do moinho.

Ofélia desviou os olhos das páginas, e lá estava a colina. Não era muito íngreme, conseguiria subir com alguns passos, mas seriam necessários cinco homens para abraçar a árvore que crescia ali. O tronco estava rachado, exatamente como no livro.

Mas agora a figueira está morrendo.
Os galhos estão secos
e o tronco, velho e torcido.

Ofélia observou os dois galhos enormes e desfolhados que cresciam do tronco, curvados feito os chifres do Fauno.

Havia mais palavras no livro. E Ofélia as sussurrava enquanto seus olhos seguiam a tinta marrom-clara das páginas.

Um sapo monstruoso se acomodou em suas raízes
e não vai deixar a árvore se desenvolver.
Você precisa colocar três pedras mágicas
na boca do sapo.

Ofélia abriu a bolsa que o Fauno lhe dera. Três pedrinhas caíram em sua mão. Ainda havia mais duas instruções no livro:

Pegue a chave de ouro de dentro da barriga dele.
Só depois disso a figueira florescerá novamente.

Dentro da barriga dele... Ofélia fechou o livro e olhou para a rachadura na árvore. Era muito escuro lá dentro. Ela colocou as três pedrinhas de volta na bolsa e deu um passo em direção à arvore, então levou um susto ao perceber que seus sapatos novos estavam cobertos de lama. Os heróis dos contos de fadas nunca se preocupavam com sapatos ou roupas, mas Ofélia tirou o avental branco e o vestido verde novo e os pendurou num galho. Sabia muito bem como a mãe ficaria chateada se ela estragasse as roupas. Então tirou os sapatos e se aproximou da árvore. O chão sob seus pés descalços estava frio, e o vento fez seu corpo, apenas com a roupa de baixo, estremecer. A rachadura era tão grande que Ofélia conseguia passar por ela, mas o túnel era estreito, e a menina teve que se ajoelhar.

Do lado de fora, o vento rasgava as fitas de seu vestido novo.

Cuidado, sussurrou o vento.

Cuidado, Ofélia, entoavam as fitas flutuantes.

Mas a menina já estava engatinhando pelo túnel, nas entranhas de madeira da árvore agonizante. Logo a lama pegajosa cobriu suas mãos e seus joelhos. Encharcou sua vestimenta branca, tingindo-a com as cores da terra. As raízes da árvore rodeavam Ofélia, tecendo sua trama no solo úmido, cravando-se no chão, feito as garras de uma criatura gigante de madeira. Tatuzinhos-de-jardim do tamanho de camundongos rastejavam pelos braços da menina, e a lama chapinhava entre suas mãos como se a terra quisesse devorá-la.

O túnel e o labirinto de raízes pareciam infinitos, mas Ofélia não ia dar meia-volta. Tinha que cumprir as tarefas do

Fauno antes da lua cheia se quisesse provar para si mesma e para o Fauno que ele estava certo: ela era Moanna, a princesa cujo retorno era esperado pelo pai, o pai que a morte a fez acreditar ter perdido. Se não fosse Moanna, quem mais ela seria? A filha de um Lobo que roubara o coração de sua mãe e carregava a palavra *assassinato* nos olhos. Ofélia parou para ouvir o som da terra e as batidas ferozes do próprio coração. Então afundou as mãos na lama mais uma vez e continuou rastejando pelo túnel sem fim.

XI
as criaturas da floresta

Não demorou muito para que Vidal e seus capangas encontrassem a origem daquela fumaça traiçoeira. Os galhos ainda queimavam quando ele saltou do cavalo e se ajoelhou ao lado da fogueira. Sentiu o calor ao tirar a luva e pairar a mão sobre as brasas.

Sim. Não fazia nem vinte minutos que tinham estado ali. Os rebeldes deviam ter ouvido a tropa se aproximando. Claro. Vidal olhou para as árvores, desejando que pudesse caçar tão silenciosamente quanto um lobo. Já teria destroçado os inimigos e lambido o sangue deles respingado no musgo coberto de cinzas da fogueira. Garcés se ajoelhou ao lado do *capitán*. Vidal gostava da dedicação estampada em seus olhos de cão. Garcés ouvia cada palavra com tanta devoção quanto um coroinha atento à pregação do padre na missa.

— Uns doze homens. Não mais que isso. — Vidal aprendera a rastrear pegadas com o avô. Com o pai aprendera apenas que as piores feras andavam sobre duas patas. — O que temos aqui?

Ele espanou as folhas. Alguém escondera um embrulho pequeno ali embaixo, entre as pedras ao redor da fogueira. Saiu às pressas. Os três frascos de vidro, cuidadosamente enrolados em papel pardo, eram familiares. Vidal ergueu um dos frascos contra a luz do sol. Antibióticos. Isso provavelmente significava que pelo menos um dos rebeldes estava ferido. Ótimo.

— *Mierda*, veja isso! — Garcés achou um pedaço de papel no chão. — Perderam um bilhete de loteria!

Vidal fez sinal para que se calasse. Deu um passo e apurou os ouvidos. Ainda estavam por perto. Ele sentia. Aqueles rebeldes filhos da puta estavam à espreita! Ele deu outro passo, mas só ouviu os sons da floresta. Malditos!

— Ei! — gritou na direção das árvores, segurando o frasco. — Vocês deixaram isso para trás! E esse bilhete de loteria? Por que não voltam para pegar? Pode ser seu dia de sorte.

A única resposta foi o gorjeio de um pássaro.

E o farfalhar das folhas ao vento.

A floresta zombava dele. De novo.

Não. Vidal deu meia-volta. Não bancaria o idiota e perseguiria aqueles desgraçados pelo labirinto traiçoeiro de árvores. Esperaria que viessem até ele. Estava com a comida e o remédio. Os frascos eram a prova de que precisavam muito do remédio.

Vidal estava certo. Sua presa estava observando. Os soldados seguiram o *capitán* rumo ao moinho, as árvores pintando os uniformes pretos com suas sombras. E a dúzia de homens escondida numa colina próxima à fogueira abandonada observava seus predadores irem embora. Mas só por enquanto.

Vidal quase os encontrara dessa vez.

Mas ia encontrá-los novamente.

XII
o sapo

Ofélia desistira de afastar os tatuzinhos-de-jardim que saracoteavam em seu rosto e em seus braços cobertos de lama. Ela sentia como se rastejasse pelas entranhas da terra, a princesa perdida, se as palavras do Fauno eram verdadeiras, procurando seu Reino Subterrâneo.

Estava cada vez mais difícil respirar, e até ali o túnel revelara apenas escuridão. Escuridão, raízes, terra encharcada e exércitos de tatuzinhos-de-jardim que serviam a quem? Ofélia tinha acabado de se questionar isso quando ouviu algo se movendo atrás dela, alguma coisa enorme e pesada.

Olhando por cima do ombro coberto de lama, encontrou um sapo enorme, muito próximo. O corpo verruguento do tamanho de uma vaca obstruía o túnel. O livro do Fauno retratara precisamente a criatura, mas na ilustração parecia muito menor!

— O-oi — gaguejou Ofélia. — Eu sou a Princesa Moanna, e... — Ela respirou fundo. — E não tenho medo de você.

É claro que isso não era verdade, mas esperava-se que um sapo não reconhecesse as expressões de um rosto humano. Ofélia certamente não sabia desvendar as dele. Um coaxo que mais parecia um arroto escapuliu do corpo balofo, cujos olhos dourados piscavam sem parar, incrédulos, como se aquela criatura imensa não estivesse acreditando que algo tão frágil e sem pelos houvesse rastejado até seu covil.

Ofélia não tirou os olhos da criatura ao abrir a bolsa e colocar as três pedrinhas na palma da mão. Ao redor dela, apenas lama repleta de tatuzinhos-de-jardim gigantes.

— Você não tem vergonha? — perguntou ela, a voz tremendo mais que os joelhos feridos. — De morar aqui embaixo, comer todos esses insetos e engordar, enquanto a árvore morre?

Ela deu um tapa no tatuzinho-de-jardim que passeava em seu braço enquanto outro rastejava por sua bochecha.

A resposta do Sapo foi rápida. Ele desenrolou a língua enorme e pegajosa e, lambendo o rosto de Ofélia, pescou o tatuzinho-de-jardim, deixando a saliva pingar da bochecha da menina. Mas o pior de tudo foi que as pedras do Fauno escorregaram da mão dela!

O Sapo puxou a língua de volta para dentro da boca escancarada, e Ofélia procurou desesperadamente as pedras na lama.

O Sapo estava muito irritado com aquela criatura sem pelos. Tinha certeza de que a Árvore a enviara até ali. Gemendo de raiva, abriu a boca e deu na intrusa um banho da saliva venenosa que estava corroendo o coração de madeira da Árvore. Ah, sim. A saliva certamente corroeria a carne sem pelos daquela visitante nada bem-vinda também. O Sapo estava muito satisfeito.

Ofélia não ia desistir, apesar do lodo venenoso que queimava seu rosto e seus braços. Ela abriu a mão trêmula e percebeu que, junto das pedras que tateara na lama, alguns tatuzinhos-de-jardim se enrolavam e se desenrolavam na palma de sua mão. Quando estavam enrolados, pareciam pedras.

— Ei! — disse ela, segurando os insetos embaralhados.

Esperava ter pegado as pedras certas em meio aos bichinhos. A lama dava a eles a mesma aparência.

O Sapo lambeu os lábios, os olhos dourados encarando a mão estendida de Ofélia.

Finalmente!

A intrusa enfim demonstrara algum respeito. Ele ficou contente, embora a oferta fosse humilde. O Sapo adorava devorar seus servos. Achava muito agradável o ruído crocante que faziam enquanto os esfacelava com a gengiva banguela.

Então aceitou.

Ofélia não se mexeu quando a língua enorme cortou o ar feito um chicote e envolveu sua mão com tanta firmeza que achou que o Sapo a arrancaria. Mas a mão ainda estava lá, pingando de saliva, quando a língua recuou, e Ofélia percebeu que tanto as pedras quantos os tatuzinhos-de-jardim tinham desaparecido.

O Sapo demorou um tempo para engolir e digerir a presa. Tanto tempo que Ofélia já havia se convencido de que pegara as pedras erradas ou de que o presente do Fauno tinha falhado.

Então o Sapo abriu a boca.

Abriu mais e mais.

Como se seus intestinos estivessem queimando!

Como se estivessem cheios do próprio veneno!

E a pele do Sapo... fervilhava, como se os tatuzinhos-de-
-jardim, seus servos, o comessem vivo! Ah, ele deveria ter
estrangulado aquela criatura pálida com a língua! Só àquela altura se dera conta da missão que a garota viera cumprir
ali. Viu nos olhos traiçoeiros dela. Seu tesouro dourado! Mas
a percepção chegou tarde demais. Em seu último suspiro, o
Sapo vomitou o próprio estômago, uma massa de carne marrom pulsante, e seu corpo enorme murchou feito um balão,
deixando para trás um amontoado de pele morta.

Ofélia rastejou até o monte de carne, embora a visão e o
cheiro lhe enjoassem. E lá estava! A chave que o Fauno lhe pedira estava grudada nas entranhas do Sapo, junto à dezena de
tatuzinhos-de-jardim agonizante. O limo que cobria a peça
se espichou feito teia de aranha quando Ofélia a pegou, mas
logo se soltou.

A chave era maior do que sua mão, e muito bonita. Ela a
segurou com firmeza durante todo o caminho de volta pelo
túnel infinito, embora não fosse fácil rastejar com uma única
mão. Quando finalmente tropeçou para fora da árvore ca-
penga, já estava escurecendo, e chovia pela copa da árvore.
Quanto tempo tinha se passado? Toda a alegria de ter cum-
prido a missão e encontrado a chave se esvaiu. O jantar! O
vestido novo!

Ofélia tropeçou no galho onde pendurara suas roupas.

Mas o vestido e o avental tinham sumido.

O medo perfurando seu coração era tão cruel quanto o
que sentira nos túneis do Sapo. Ela chorou enquanto inspe-

cionava o chão da floresta, apertando no peito a chave, muito gelada por causa da lama e da chuva. Quando finalmente encontrou o vestido, a poucos metros da árvore, o tecido verde estava coberto de lama, e o avental branco, tão sujo que parecia invisível na escuridão. Acima dela, os galhos rangiam com o vento, e Ofélia teve a impressão de sentir o desapontamento da mãe.

A chuva se intensificou, lavando o rosto e os braços e pernas enlameados da menina. Era como se a noite tentasse confortá-la. Desesperada, Ofélia expôs o vestido e o avental à chuva, mas nem mesmo os milhares de gotas geladas lhe devolveriam o verde e o branco originais.

~XIII~
a esposa do alfaiate

Vidal odiava a chuva tanto quanto odiava a floresta. Ela tocava seu corpo, seu cabelo e suas roupas, fazendo-o se sentir vulnerável. Humano.

O capitão alinhara seus soldados havia quase uma hora, mas os convidados estavam atrasados, e seus homens pareciam espantalhos gotejantes. Sim. Vidal olhou o relógio. Estavam atrasados. A superfície quebrada do relógio lhe dissera isso e muito mais: que ele estava no lugar errado, que a sombra do pai ainda lhe tornava tão invisível quanto os homens que caçava, que a chuva e a floresta o derrotariam.

Não. Ele olhou para o pátio, onde a lua crescente refletia nas poças. Não, embora a chuva tivesse manchado seu uniforme imaculado e coberto suas botas engraxadas de lama, ele não ia deixar que aquele lugar o derrotasse. Como a resposta de um deus cruel que gostava de homens desorientados e perversos como Vidal, os faróis de dois carros perfuraram a noite. Os capangas correram para proteger os convidados com guarda-chuvas. Estavam todos lá, todos que se consideravam importantes naquele lugar deplorável: o general e um de seus comandantes, o prefeito e a esposa, uma viúva rica membro do Partido Fascista desde 1935, o padre e o dr. Ferreiro. Sim, Vidal também convidara o médico bondoso. Não sem motivo. Ele ofereceu seu guarda-chuva para a esposa do prefeito e a acompanhou até a casa.

Mercedes trouxera a mãe de Ofélia na cadeira de rodas. Carmen a lembrava o tipo de garota que tinha sido ensinada a não desrespeitar o pai e agia da mesma forma com o marido, diminuindo-se até quando não estava na cadeira de rodas.

— Você já procurou por ela no jardim? — murmurou Carmen quando Mercedes a empurrou para o cômodo, que fora novamente transformado de uma sala de guerra em uma de jantar.

— Sim, *señora*.

Mercedes procurara Ofélia por todo lado, no celeiro, na estrebaria, até no antigo labirinto. Viu o medo nos olhos da mulher, mas percebeu que ela não temia pela filha. Temia aborrecer o novo marido. Todos no moinho tinham certeza de que Vidal só se casara com ela por causa do bebê. Mercedes viu a mesma certeza no rosto dos convidados.

— Posso apresentá-los à minha esposa, Carmen?

Vidal não escondia a vergonha que sentia dela. As convidadas se vestiam muito melhor que ela, e suas joias faziam os brincos da mãe de Ofélia parecerem bijuterias baratas de criança. A esposa do prefeito escondeu seu desprezo com um sorriso radiante, mas a viúva não se deu ao trabalho. *Olhe só para ela*, seu rosto parecia dizer. *Onde ele encontrou essa mulher? É uma espécie de Cinderela, não é?*

O dr. Ferreiro trocou um olhar com Mercedes antes de sentar-se à mesa. Ele estava com medo, a empregada notou isso em seu rosto. Medo de ter sido convidado para o jantar porque Vidal sabia de toda a verdade, e Mercedes rezava para que o temor de Ferreiro não entregasse o segredo que os dois compartilhavam. Ela nem sabia mais para quem rezar: para a floresta, para a noite, para a lua...? Certamente não para o deus presente nas orações das pessoas à mesa. Esse deus já a abandonara muitas vezes.

— Só um? — perguntou o padre, pegando um vale do montinho que Vidal lhe oferecera e passando-o para os demais.

— Não sei se é o suficiente, *capitán* — disse o prefeito. — Estamos enfrentando o descontentamento causado pela escassez contínua dos alimentos mais básicos.

— Se as pessoas forem cuidadosas — disse o padre, aprovando terminantemente a ajuda de Vidal —, um vale é suficiente.

O padre gostava de agradar os militares. As outras empregadas que ainda iam à igreja todo domingo contaram à Mercedes que ele cantava os louvores de ordem e obediência e, em seus sermões, dizia que os homens escondidos nas florestas eram pagãos e comunistas, que não eram melhores que o diabo.

— Claro que nós estamos bem abastecidos — disse Vidal —, mas precisamos garantir que ninguém alimente os rebeldes. Estão perdendo terreno, e um deles está ferido.

O dr. Ferreiro disfarçou os lábios trêmulos limpando a boca com um guardanapo.

— Ferido? — perguntou, casualmente. — Como tem tanta certeza, *capitán*?

— Porque quase os pegamos hoje. E encontramos isso.

Vidal mostrou um dos frascos que acharam na floresta.

Mercedes trocou mais um olhar com Ferreiro. Ela se empertigou e se esforçou para lhe passar confiança, banindo qualquer expressão preocupada do rosto, embora provasse do amargor do próprio medo.

— Que Deus salve essas almas perdidas. O que acontece com esses corpos praticamente não importa para Ele — afirmou o padre, enfiando o garfo em uma batata assada.

— Vamos ajudá-lo de todas as formas, *capitán* — disse o prefeito. — Sabemos que você não está aqui por escolha própria.

Vidal se aprumou na cadeira. Era sua reação habitual diante de algo que o ofendesse. Preparando-se para o ataque.

— Pois está errado, senhor — disse ele, com um sorriso tenso. — Escolhi estar aqui porque quero que meu filho nasça numa Espanha nova e limpa. Nossos inimigos... — ele fez uma pausa para olhar para os convidados, um por um — se equivocam ao pensar que somos todos iguais. Há uma diferença considerável: eles perderam a guerra. Nós vencemos. E se precisarmos matar todos para deixar isso claro, é o que faremos. Cada um deles. — Então ergueu o copo — Às escolhas!

Os convidados também ergueram seus copos. O dr. Ferreiro juntou-se a eles, segurando o seu com firmeza.

— Às escolhas! — ecoaram as vozes pela sala.

Mercedes estava feliz por não ouvir mais nada sobre o assunto quando saiu pela porta e voltou para a cozinha.

— Façam o café — ordenou para as outras empregadas. — Vou pegar mais lenha — acrescentou, pegando seu casaco pendurado perto da porta da cozinha.

Todas a observaram em silêncio acender a lamparina — o fósforo em sua mão visivelmente tremia — e sair na chuva.

Ela passou de cabeça baixa pelos carros e pelos soldados que os vigiavam, esperando ser mais uma vez invisível para eles, só mais uma empregada. Mas foi muito difícil não apressar o passo. *Porque quase os pegamos hoje.*

Mercedes só parou quando chegou à floresta. Olhou mais uma vez para trás, certificando-se de que os galhos a camuflavam da vista dos guardas, depois ergueu a lamparina e a moveu para cima e para baixo uma, duas, três vezes. Até então, esse sinal sempre fora certeiro. O irmão dela geralmente deixava um homem a postos no moinho caso Mercedes tivesse alguma mensagem para eles. Assim que ela abaixou a lamparina e se voltou para a casa, notou um pequeno vulto entre as árvores. Pequenino e trêmulo, com as roupas molhadas.

— Ofélia?

O corpo da menina estava frio como o gelo, e seus olhos pretos, arregalados de preocupação. Mas havia algo mais neles: o orgulho e a força que faltavam à mãe. Ofélia tinha algo nas mãos, mas Mercedes não perguntou o que era ou por onde a menina andara. Quem melhor do que ela para saber que segredos deviam ser guardados? Então colocou o braço sobre os ombros gélidos de Ofélia e a levou para o moinho, torcendo para que os segredos da menina não fossem tão perigosos quantos os seus.

— Como vocês se conheceram?

A esposa do prefeito sorriu, e a mãe de Ofélia se esqueceu do desprezo no rosto dos outros convidados. Ela já deveria saber. É muito mais seguro ficar quieta e invisível quando se sente fraca e insignificante. Mas aquele era seu conto de fadas, e Carmen queria que tudo acabasse bem.

— O pai de Ofélia costumava fazer os uniformes do *capitán*.
— Ah, entendi!

Carmen não se deu conta de que aquilo era tudo o que a esposa do prefeito precisava saber. A esposa do alfaiate... uma mulher que já fora casada. Os rostos ao redor da mesa se fecharam. Mas a mãe de Ofélia continuava imersa em sua história. *Era uma vez...*

Ela tocou a mão de Vidal com ternura.

— Depois que meu marido morreu, fui trabalhar sozinha na loja...

As outras mulheres encararam o próprio prato de comida. Que confissão! No mundo delas, uma mulher só trabalhava se fosse pobre e tivesse que sustentar a família. Mas a mãe de Ofélia ainda acreditava que o príncipe a salvara de tudo aquilo: da pobreza, da vergonha, do desamparo... Ela olhou para Vidal, e seus olhos brilhavam de amor.

— E aí, um ano depois — sua mão ainda cobria a de Vidal —, nós nos reencontramos.

— Que curioso. — As pérolas do colar da esposa do prefeito brilhavam tanto que parecia que ela havia roubado algumas estrelas do céu. — Um reencontro como esse...

Havia certa ternura em sua voz. A esposa do alfaiate e o soldado... todo mundo adorava um conto de fadas.

— Curioso. Ah, sim, sim, muito curioso — disse a viúva rica, franzindo os lábios.

Ela só acreditava nos contos de fadas em que o herói chega em casa com quilos de ouro.

— Por favor, perdoem minha esposa. — Vidal soltou a mão de Carmen e pegou seu copo. — Ela pensa que os outros vão achar essas histórias interessantes.

Envergonhada, Carmem Cardoso olhou para o próprio prato de comida. Em alguns contos de fadas havia jantares como aquele. Talvez sua filha devesse ter avisado que ela confundira o Barba Azul com um Príncipe Encantado...

Ao voltar para a sala, Mercedes percebeu os ombros murchos de Carmen e ficou feliz por ter uma boa notícia para sussurrar no ouvido dela.

— Com licença — murmurou Carmen Cardoso. — Minha filha, ela está... — Não terminou a frase.

Ninguém olhou para ela quando Mercedes a retirou da mesa na cadeira de rodas.

—Já disse que conheci seu pai, *capitán*? — perguntou o general enquanto Mercedes empurrava a cadeira de rodas para a cozinha. — Lutamos juntos no Marrocos. Nosso encontro foi breve, mas ele deixou uma ótima impressão.

— É mesmo? Eu não sabia disso.

Mercedes sentiu na voz de Vidal que ele não tinha gostado da informação.

— Os soldados dele disseram — prosseguiu o general — que, quando morreu no campo de batalha, o general Vidal estraçalhou o relógio de bolso prateado numa pedra para que o filho soubesse a hora exata de sua morte. E para mostrá-lo como um homem corajoso morre.

— Bobagem! — comentou Vidal. — Meu pai nunca teve relógio de bolso nenhum.

Mercedes quis arrancar o relógio da farda dele para mostrar a todos que era um mentiroso e cara de pau. Mas continuou empurrando a cadeira de Carmen para fora da sala. A menina estava esperando. Mercedes deixara Ofélia tomando banho no andar de cima para se livrar do frio, e ainda tentou lavar seu vestido, mas estava destruído.

A menina evitou os olhos da mãe quando Mercedes levou a cadeira de rodas para dentro do banheiro. Ainda havia uma pitada de orgulho no rosto da garota, além de uma rebeldia que Mercedes não havia notado antes. Gostava muito mais disso do que da tristeza que acompanhava Ofélia feito sombra quando ela chegou ao moinho. Mas a mãe não sentia o mesmo. Ela pegou o vestido esfarrapado do chão e tocou o tecido manchado.

— Você me magoou, Ofélia.

Mercedes deixou as duas a sós, e a menina afundou na banheira quente. Ainda sentia os tatuzinhos-de-jardim rastejando por seu corpo, mas pelo menos cumprira a primeira missão dada pelo Fauno. Nada mais importava, nem mesmo o rosto triste da mãe.

— Quando terminar o banho, vá direto para a cama, sem jantar, Ofélia — disse ela. — Está me ouvindo? Às vezes acho que você nunca vai aprender a se comportar.

A menina não olhou para a mãe. A espuma na água refletiu seu rosto em milhares de bolhas cintilantes. Princesa Moanna.

— Você está me decepcionando, Ofélia. E ao seu pai também.

A cadeira de rodas não girava com facilidade no ladrilho. Quando a garota ergueu a cabeça, sua mãe já estava quase na porta.

Seu pai... Ofélia sorriu. Seu pai era um alfaiate. E um rei.

Ela ouviu um farfalhar suave de asas na hora em que a mãe fechou a porta do banheiro. A Fada pousou na beirada da banheira. Estava em seu corpo de inseto novamente.

— Peguei a chave! — sussurrou Ofélia. — Me leve ao labirinto!

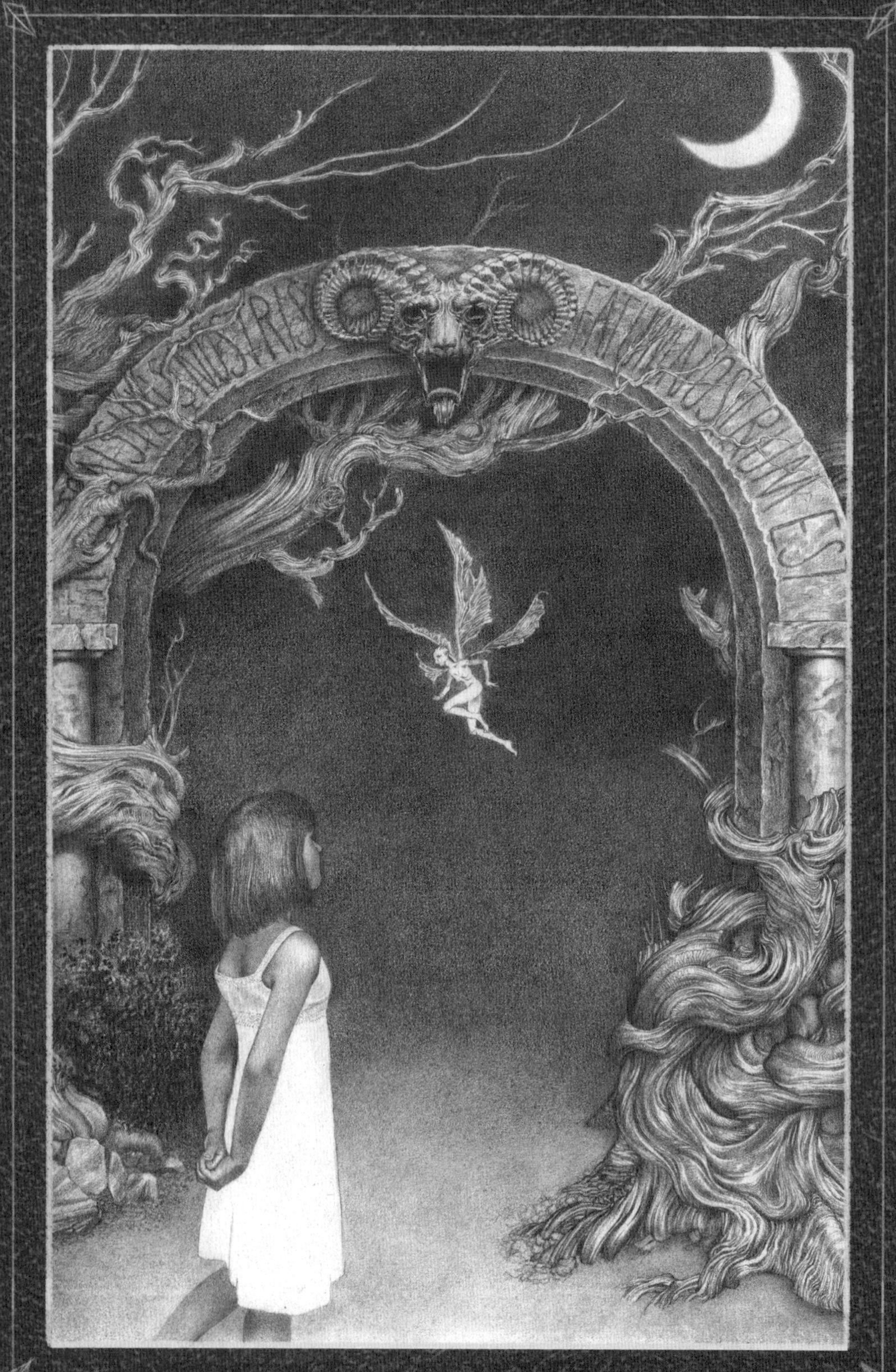

o moinho sem lago

Era uma vez, quando a magia não se escondia dos olhos humanos como hoje, um moinho no meio de uma floresta. Esse moinho, diziam, era amaldiçoado pela morte de uma bruxa que fora afogada no lago pelos capangas de um homem nobre.

A farinha produzida no moinho se enegrecia todos os anos no dia do aniversário de morte da bruxa, e, como nem os gatos que afastavam os ratos do milho dos fazendeiros chegavam perto, Javier, o moleiro, jogava a farinha estragada na floresta. Ela sempre desaparecia na manhã seguinte, como se as árvores a tivessem devorado pelas raízes.

Foi assim durante sete anos. A bruxa morrera num dia nublado de novembro, e quando chegou o oitavo aniversário de sua morte, o pátio atrás do moinho estava branco da neve que acabara de cair. A farinha que o moleiro jogara na floresta congelada parecia ainda mais preta que no ano anterior, tão enegrecida que dava a impressão de que a noite havia caído do céu e substituído o dia.

Como sempre, na manhã seguinte, a farinha tinha desaparecido, mas dessa vez havia resquícios dela num rastro de pegadas. O moleiro as seguiu até o lago do moinho. A fina camada de gelo que cobria a superfície se partira, e a farinha negra flutuava na água feito cinzas.

O coração do moleiro se encheu de um medo tão frio quanto o gelo partido, e ele quase tropeçou nos próprios pés ao se afastar do lago. O homem testemunhara o afogamento de Rocio oito anos antes. Depois que os capangas foram embora, ele tentara arrastar o corpo sem vida da bruxa para a margem do lago, mas as vinhas se adensavam na água como o cabelo verde de um Vodyanoy, mantendo o corpo da mulher sob seu domínio. Quando o moleiro finalmente conseguiu remar o barco para resgatá-la, o corpo já afundara no lago. *E se ela ainda estiver lá?*, perguntou. E se Rocio voltasse para se vingar por não ter sido salva dos seus assassinos mesmo conhecendo o moleiro desde criança e já tendo curado sua esposa de uma febre agonizante?

O moleiro se aproximou da água e vislumbrou a criatura cujas pegadas, escurecidas pela farinha amaldiçoada, pareciam humanas. *Cuidado, Javier!*, sussurraram as árvores com seus galhos áridos. *Ali dentro está o fruto da crueldade de um homicídio. Os pecados dos homens não são esquecidos. Carregam frutos venenosos.*

Mas os homens não ouvem as árvores. Não sabem mais se relacionar com as coisas da natureza, portanto o moleiro deu outro passo em direção ao lago. Algo se mexeu embaixo do gelo. Era tão prateado quanto a lua que Rocio reverenciava.

O rosto que emergia da água parecia feminino, e era tão bonito que o moleiro deu mais um passo à frente. Os olhos da criatura lembravam os olhos dourados de um sapo, e havia teias entre os dedos das mãos estendidas para o homem. O moleiro não deu importância. Ele ansiava pelo toque daquelas mãos mais do que ansiara pelo abraço da esposa, mais do que jamais ansiara por qualquer coisa. Entrou na água e envolveu aquele corpo cintilante, apesar de parecer gelo em seus braços. Os lábios da criatura estavam cobertos de farinha preta e, ao beijá-la, o moleiro sentiu o coração se tornar tão metálico e gelado quanto o dela, mas não conseguiu afastá-la, e os dois se afogaram no lago, unidos por um abraço violento.

Quando o marido não voltou no fim do dia, a esposa do moleiro saiu à sua procura. Seguiu dois rastros de pegadas; um pertencia ao marido, em direção à floresta e ao lago, e por lá a mulher gritou seu nome na beira da água escura. Como não teve resposta, seguiu para o vilarejo onde os pais moravam e percorreu o centro comercial gritando que a bruxa do lago tinha devorado seu marido.

Logo uma multidão enfurecida seguiu para o lago com redes, forquilhas e porretes. Pararam na beira da água, onde as pegadas do moleiro terminavam. Algo cintilava nas profundezas como um tesouro prateado submerso, e os aldeões rapidamente se esqueceram das lágrimas da esposa do moleiro. Só pensavam na prata e, pela ineficácia de suas redes para alcançá-la, atearam fogo em seus porretes e nos galhos que encontraram no solo congelado, deixando-os à deriva, até que o lago ficou coberto de chamas e a água se transformou numa fumaça branca.

Eles mantiveram o fogo aceso, e para isso precisaram cortar e queimar todas as árvores ao redor, porém tudo o que restou no lago foram peixes mortos e seixos cobertos de fuligem. No meio, encontraram uma escultura de prata retorcida, dois amantes fundidos num só corpo.

Eles recuaram, e a esposa do moleiro gritou e caiu de joelhos, como se reconhecesse o rosto do marido na peça recuperada. Ninguém ousou tocar a prata, e a esposa do moleiro retornou ao vilarejo com os outros para nunca mais voltar àquele lugar.

    Depois desse dia, o moinho ficou abandonado, afinal, de que serve um moinho sem lago? Até que, noventa anos depois, um homem se mudou para lá, e diziam que fora um relojoeiro famoso na distante e grande cidade de Madri. Seus cachorros perseguiam qualquer homem, mulher ou criança que chegasse perto do moinho. Alguns diziam que ele era protegido por uma matilha de lobos que comiam gente. Uma vez um caçador de coelhos conseguiu espiar pelas janelas sem ser destroçado e, ao vender seus coelhos para um açougueiro, relatou que o novo dono do moinho resgatara a escultura de prata do lago morto e começava a derretê-la para fazer relógios.

~XIV~
fique com a chave

O coração do labirinto parecia intacto, um lugar havia muito esquecido no fim do mundo. Mas dessa vez Ofélia estava ainda mais hesitante em descer a escada rumo à pilastra. Geralmente é mais fácil encontrar algo novo do que aceitar o que já se encontrou.

As paredes ao longo dos degraus eram entalhadas. Ofélia não percebera esse detalhe durante sua primeira visita. Pareciam altares à espera de oferendas a um deus esquecido, ou apenas as janelas emparedadas de uma torre abatida. Tudo no labirinto dizia respeito ao esquecimento, embora talvez nada tenha sido esquecido. Talvez tudo estivesse em segurança.

A animação da Fada por estar ali era evidente. Ela rodopiou e voou como alguém feliz por voltar para casa. Enquanto esperavam pelo Fauno, Ofélia deu mais uma olhada na pilastra. Uma menina segurando um bebê fora esculpida na pedra. Não tinha rosto, apagara-se com o tempo, mas a figura de pé atrás dela, a garra no ombro da menina sem dúvida era a mão do Fauno, que a protegia e a segurava, ou a prendia ao chão.

Ofélia tocava o rosto desgastado do bebê quando o Fauno surgiu das sombras. Estava diferente. Mais jovem, mais forte, mais perigoso.

— Peguei a chave — disse Ofélia, orgulhosa, segurando-a.

O Fauno apenas assentiu. Ofélia esperava mais, afinal de contas, enfrentara um sapo gigante, salvara a figueira e magoara a própria mãe. Mas ele parecia muito mais animado com o que estava comendo. A menina não sabia o que era, só que era sangrento e cru, talvez um pássaro morto ou um roedor.

O Fauno arrancou um pedaço com seus dentes afiados e pontiagudos e deu alguns passinhos saltitantes até ela.

— Sou eu! — Apontou para a pilastra. — E a menina é você.

— E o bebê? — questionou Ofélia.

— Então — disse ele, ignorando a pergunta — você resgatou a chave. — Ele se aproximou tanto da menina que ela viu o próprio reflexo nos olhos azul-claros dele. — Fico feliz.

Ele se empertigou e estendeu a mão para a Fada, que aterrissou com graciosidade em seu dedo esticado, e o Fauno riu de alegria quando a criatura deu uma mordidinha voraz em sua presa.

— Ela confiou em você desde o começo. Olhe só para ela! Toda feliz!

A Fada voou, e o Fauno a observou com a ternura de um pai admirando o filho sapeca.

— Está muito feliz por você ter conseguido!

Ele riu, mas Ofélia notou que estava sério quando se virou para ela.

— Fique com a chave. Vai precisar em breve. — Sua mão comprida fez um gesto de aviso para a noite. Ele sempre usava os dedos para enfatizar as palavras que dizia, esticando, apontando e desenhando no ar avisos invisíveis que pareciam revelar mais coisas que sua língua. — E tem mais isso. — Ele entregou um giz branco para Ofélia — Você também vai precisar! Restam duas tarefas, e logo a lua vai ficar cheia.

Ofélia tremeu quando as garras dele acariciaram seu rosto.

— Tenha paciência, Princesa — rugiu, sorrindo para ela. — Logo mais vamos para os Sete Jardins Circulares do seu palácio, passear nas calçadas sinuosas de ônix e alabastro.

Mas havia certa malícia em seus olhos felinos. Ofélia não sabia se sempre houvera, desde o primeiro encontro dos dois, e ela só não tinha notado.

— Como vou saber se está me dizendo a verdade?

O Fauno balançou a cabeça chifruda como se estivesse profundamente ofendido.

— Por que um pobre Fauno como eu mentiria para você?

Ele tracejou a linha de uma lágrima invisível na bochecha, mas seus olhos pareciam os de um gato à espreita, pronto para atacar.

Ofélia recuou com o coração disparado. Não de medo. Não. Pior que isso. Ela olhou para a chave de ouro nas mãos... Seria um tesouro? Ou um fardo? Subitamente sentiu que não podia confiar em ninguém no mundo. Até sua mãe a traíra para agradar o Lobo, então como ela poderia acreditar e confiar no Fauno?

XV
sangue

A chave que Vidal usou para abrir o celeiro não era de ouro. Porém, para os camponeses esperando em frente aos portões tronchos, a chave revelava um tesouro ainda mais valioso. Era bem cedo, mas eles já formavam fila no pátio, muitos acompanhados dos filhos. A fome era uma convidada frequente à mesa, tão presente quanto seus familiares, e as palavras *pão*, *sal*, *feijão* ou *batatas* soavam mais mágicas para eles do que qualquer tesouro dos contos de fadas da infância.

Dois soldados de Vidal guardavam os portões do celeiro, e um outro, sentado a uma mesa que fazia parte do mobiliário da casa, verificava os cartões de racionamento.

— Fiquem com os cartões em mãos para facilitar a inspeção!

O tenente Aznar, que recebera a tarefa de distribuir os documentos, disparou as palavras com a confiança que só uma farda proporcionava. Ele não sabia o que era esperar numa fila para se alimentar. Vinha de uma família de açougueiros, e aquelas pessoas carcomidas, de rosto cansado e costas curvadas, lhe pareciam uma espécie inferior. Certamente não eram de sua espécie.

— Rápido! Rápido! — gritou para um homem velho, arrancando o cartão da mão estendida dele. — Seu nome. Primeiro e último.

O pai açougueiro do tenente nunca se parecera com aquele senhor. Tão cansado, com tantas marcas da vida.

— Narciso Peña Soriano... ao seu dispor — disse o velho.

Todos estavam à disposição. Assim como a vida deles.

Aznar o encaminhou para dentro do celeiro.

— Nome! — gritou ele, e a fila andou em silêncio.

Mercedes e outras duas empregadas trouxeram cestas de pão fresco. O tenente Medem, que levara todo o tesouro para o moinho, empunhou um dos pães da cesta de Mercedes.

— Este é o nosso pão de cada dia na Espanha de Franco! — Sua voz ecoou pelo pátio. — Estão conservados aqui neste moinho. Os vermelhos mentem quando dizem que deixamos vocês morrerem de fome...

As palavras de Medem chegaram ao quarto que Ofélia dividia com a mãe, despertando-a do sono pesado de sonhos com o Fauno, o Sapo e a chave que abriria... O quê? Ofélia não tinha certeza de que queria saber ao que aquela chave levava.

As palavras continuavam invadindo o quarto:

— ... na Espanha unificada não há um só lar que...

Ofélia se levantou em silêncio para não acordar a mãe. Lar...

— ... não há um só lar sem pão ou calefação!

Pão. A palavra a deixou com fome. Muita fome. Afinal, dormira sem jantar depois daquela aventura exaustiva.

— ... não há um só lar sem pão ou calefação.

SANGUE

Até Ofélia sabia que aquilo era mentira, embora fosse proclamada com tanta confiança. Quando as crianças percebem que os adultos mentem?

O Fauno estava mentindo? Ele parecia ainda mais sinistro nos sonhos de Ofélia. *Como vou saber se está me dizendo a verdade?* A mãe resmungava durante o sono, e seu rosto brilhava de suor, por mais que o sol ainda não estivesse aquecendo a casa. Ela não acordou quando Ofélia foi na ponta dos pés até o banheiro, as tábuas empoeiradas do assoalho manchadas pela luz da manhã, mas a menina trancou a porta antes de pegar o livro do Fauno atrás do aquecedor. Mais uma vez, as páginas estavam brancas como a neve.

— Vamos lá! — sussurrou Ofélia. — O que vai acontecer? Me mostre!

E o livro obedeceu.

Uma mancha vermelha surgiu na página da esquerda. Outra escorreu pela página da direita. Ambas se esparramaram tão rápido quanto tinta em papel molhado. Vermelho. O vermelho correndo pelas páginas brancas até cair na fissura interna da lombada e pingar nos pés descalços de Ofélia.

Ela soube exatamente o que aquilo significava, embora não soubesse como. Ergueu os olhos do livro e encarou a porta, atrás da qual sua mãe dormia.

Um grito abafado saiu das páginas avermelhadas.

Ofélia largou o livro e correu até a porta. Abriu-a com um empurrão e encontrou a mãe apoiada na cama, apertando a barriga. Sua camisola branca estava encharcada de sangue.

— O-Ofélia! — gaguejou com a voz rouca, erguendo a mão em súplica, com os dedos vermelhos. — Me ajude!

Então desabou no chão.

Vidal estava no pátio, conferindo seu relógio e ocultando o vidro quebrado na luva preta de couro. Quanto tempo ainda duraria a distribuição de comida para aqueles camponeses? Tanto tempo desperdiçado só porque não se podia confiar neles. Vidal apostaria sua farda que alguns levariam os mantimentos para a floresta e alimentariam um parente ou amante que se juntara aos traidores. Queria espancar e matar todos eles, como fizera com os caçadores de coelho...

— *Capitán!*

Ele se virou.

A menina enlouquecera? Viera correndo de camisola em sua direção. Normalmente se escondia dele como uma criatura que sabia que era melhor ficar invisível. A mãe não escutara quando ele sugerira deixá-la um tempo com os avós. Aquela filha era um ponto fraco dela e a única questão sobre a qual a mulher atrevera-se a enfrentá-lo, mas Vidal não tinha a menor intenção de criar a filha de um alfaiate morto.

Os passos de Vidal eram bruscos e raivosos enquanto seguia a menina, mas assim que parou diante dela se deu conta de que o medo no rosto de Ofélia não fora causado por ele.

— Venha rápido — gritou ela. — Por favor!

Só então o homem notou o sangue no vestido. Não era da menina. Medo se remexeu no fundo do seu coração; medo e raiva. Mulher tola. Ia falhar com Vidal e com a criança que ele colocara em seu ventre. O capitão gritou para Serrano chamar o médico.

O céu se abrira, e mais uma vez o mundo estava imerso em chuva. O clima combinava perfeitamente com o humor do dr. Ferreiro, que cruzava o pátio para atender a paciente.

Encontrou Vidal de pé na frente do celeiro, observando as tendas e os caminhões que levara para o moinho. Ferreiro achava que pareciam brinquedos abandonados sob os pinheiros da floresta. Vestiu o paletó. Havia sangue nas mangas.

— Sua esposa necessita de repouso absoluto. Precisa ficar sedada o tempo todo até dar à luz. — *Você não deveria tê-la trazido para cá*, pensou. *Não deveria ter permitido que a filha dela a visse nesse estado.* Mas o que disse foi: — A menina precisa dormir em outro lugar. Vou ficar aqui até o bebê nascer.

Vidal continuava observando o pátio.

— Cure-a — ordenou, sem tirar os olhos da chuva. — Custe o que custar. Faça o possível e o impossível.

Quando finalmente se virou para Ferreiro, seu rosto estava trincado de raiva. *Raiva de quê?*, perguntou-se o médico. Raiva dele mesmo por ter mandado buscar a esposa grávida? Não. Um homem como Vidal não sentia culpa. Devia estar com raiva da mãe de seu futuro filho por se mostrar tão fraca.

— Faça-a ficar bem — insistiu Vidal. — Cure-a.

Era uma ordem. E uma ameaça.

~XVI~
uma canção de ninar

O sótão que Mercedes pedira para as empregadas transformarem no quarto de Ofélia tinha uma janela redonda que parecia a lua cheia. Mas o espaço era ainda mais triste do que o quarto que a menina dividira com a mãe, os cantos abarrotados de caixas e móveis cobertos por mortalhas fantasmagóricas amareladas pelo tempo e pelo abandono.

— Quer jantar? — perguntou Mercedes.

— Não, obrigada — respondeu Ofélia, balançando a cabeça.

Mercedes pedira a outra empregada que trouxesse lençóis limpos e travesseiros. A madeira escura da cama contrastava com o tecido branco como neve. Todo o mobiliário do moinho era feito daquela mesma madeira, e por um instante Ofélia imaginou que as árvores ao redor cresceriam e derrubariam as paredes para vingarem suas irmãs derrubadas para construir camas, mesas e cadeiras.

— Você não comeu nada — disse Mercedes.

E como poderia? Estava triste demais. Em silêncio, Ofélia arrumou os livros na mesinha de cabeceira e se sentou no cobertor. Branco. Tudo que era branco agora a lembrava de vermelho.

— Não se preocupe. — Mercedes se aproximou e tocou o ombro da menina. — Sua mãe vai melhorar, você vai ver. Gravidez é complicado mesmo.

— Então eu nunca vou ter filhos.

Mesmo depois de encontrar a mãe encharcada de sangue, Ofélia não tinha chorado, mas a voz suave de Mercedes fez suas lágrimas finalmente escorrerem pelas bochechas com tanta densidade quanto o vermelho que percorrera as páginas do livro do Fauno. Por que o livro não a avisara a tempo? Por que mostrara o que já estava acontecendo? *Porque o livro é cruel*, algo em Ofélia sussurrou, *cruel como seu mestre astuto. Até a Fada é cruel.*

Sim, era mesmo. Ofélia estremeceu ao se lembrar da Fada cravando os dentes na comida sangrenta do Fauno. As fadas dos livros de Ofélia não tinham dentes como aqueles, não é?

Mercedes sentou-se ao lado dela e acariciou seu cabelo. Era preto como o da mãe. Cabelo preto como o carvão, pele branca como a neve, face rubra como o sangue...

— Você ajuda os homens que estão na floresta, não é? — sussurrou Ofélia.

Mercedes afastou as mãos dos ombros da menina.

— Você disse isso a alguém?

Ofélia notou que Mercedes não ousara olhar para ela.

— Não, não disse. Não quero que nada de mau aconteça a você.

A menina apoiou a cabeça no ombro de Mercedes e fechou os olhos. Queria se esconder nos braços dela, se esconder do mundo, do sangue, do Lobo, do Fauno. Não havia Reino

Subterrâneo onde pudesse se esconder. Era tudo mentira. Só havia um mundo, e era muito sombrio.

Mercedes não estava acostumada com crianças, embora ainda fosse jovem o bastante para ter filhos. Quando enfim abraçou a menina, o sopro de ternura que sentiu no coração a assustou. Naquele mundo, ternura era algo perigoso.

— Também não quero que nada de mau aconteça a você — sussurrou também, embalando Ofélia em seus braços, embora parte dela ainda sentisse o risco da ternura que oferecera.

Já desejara ter uma filha, mas a guerra a fizera esquecer essa ideia. A guerra a fizera esquecer muitas coisas.

— Você conhece alguma canção de ninar? — murmurou Ofélia.

Conhecia? Sim...

— Só uma. Mas não lembro a letra.

— Não me importo. Quero ouvir mesmo assim — suplicou Ofélia.

Então Mercedes fechou os olhos, e enquanto ninava gentilmente a filha de outra mulher, começou a cantarolar a canção de ninar que sua mãe cantava para ela e o irmão. A melodia sem palavras as embalou com a doçura do amor, como se fosse a primeira música cantada na Terra para a primeira criança nascida. Falava sobre o amor e as dores que esse sentimento traz. E sobre a força presente até na mais profunda escuridão.

Mercedes cantarolou para a menina e também para si mesma.

A canção fez o medo das duas adormecer.

Mas a paz não ia durar.

~XVII~
irmão e irmã

Mercedes ficou com Ofélia até a menina enfim adormecer, apesar de preocupada com a mãe, apesar do medo que povoava o velho moinho feito o pó de farinha preta.

A casa estava em silêncio quando a empregada desceu a escada. Todos dormiam, exceto os soldados de guarda lá fora. Vigiavam a floresta e não a viram se ajoelhar no chão da cozinha para limpar o pó que cobria os ladrilhos até conseguir erguer o ladrilho de fundo falso. As cartas escondidas ainda estavam ali embaixo, além da lata cheia de coisas que guardara para os homens na floresta. Estava guardando tudo na bolsa quando ouviu passos na escada que a paralisaram.

— Sou só eu, Mercedes — sussurrou o dr. Ferreiro.

Ele desceu vagarosamente a escada, como se relutasse em fazer o que havia planejado com Mercedes durante dias.

— Está pronto?

Por favor, diga que sim, implorou Mercedes com os olhos. *Não consigo fazer isso sozinha.*

Ferreiro assentiu.

* * *

Mercedes o guiou pelo caminho. Cruzou o riacho para esconder os rastros. A luz da lua infiltrara-se nas árvores e transformara a água em prata derretida.

— Isso é loucura — resmungou Ferreiro, enquanto a água gelada enchia seus sapatos. — Se ele descobrir o que estamos fazendo, vai matar todos nós. — Claro que ambos sabiam do que ele estava falando. — Já pensou nisso?

E ela pensara em mais alguma coisa?

Mercedes ouvia a noite.

— Você tem tanto medo assim dele?

Ferreiro não conteve o sorriso. Ela era tão linda... A coragem envolvia seus ombros como um manto da realeza.

— Não é medo — respondeu ele, com sinceridade. — Pelo menos não pelo meu...

O homem se calou no momento em que Mercedes levou o dedo aos lábios.

Algo se movia na floresta.

Mercedes suspirou de alívio quando um rapaz saiu de trás de uma árvore, tão silencioso quanto as sombras que a lua crescente projetava no chão de musgo. Uma boina escura cobria seu cabelo preto, e suas roupas indicavam que estava na floresta fazia bastante tempo. Mercedes não tirou os olhos do homem enquanto ele vinha até os dois por entre as samambaias. Seu irmão era apenas alguns anos mais novo que ela, mas, quando crianças, essa diferença de idade contava muito.

— Pedro! — exclamou Mercedes, tocando o rosto do adorado irmão quando ele parou na sua frente.

Mercedes sempre se esquecia de como ele era alto.

Seu irmão lhe deu um longo abraço. Já precisara da proteção dela perante a mão firme da mãe ou para desviá-lo da própria imprudência, mas ultimamente ser a zelosa irmã mais velha tinha se tornado muito mais perigoso. Às vezes Pedro queria que a irmã fosse menos corajosa e cuidasse mais de si mesma. Até lhe pedira para não ajudá-los mais, porém Mercedes não ouvia os outros. Criava as próprias regras. Mercedes sempre fora assim, desde criança. Pedro a amava muito.

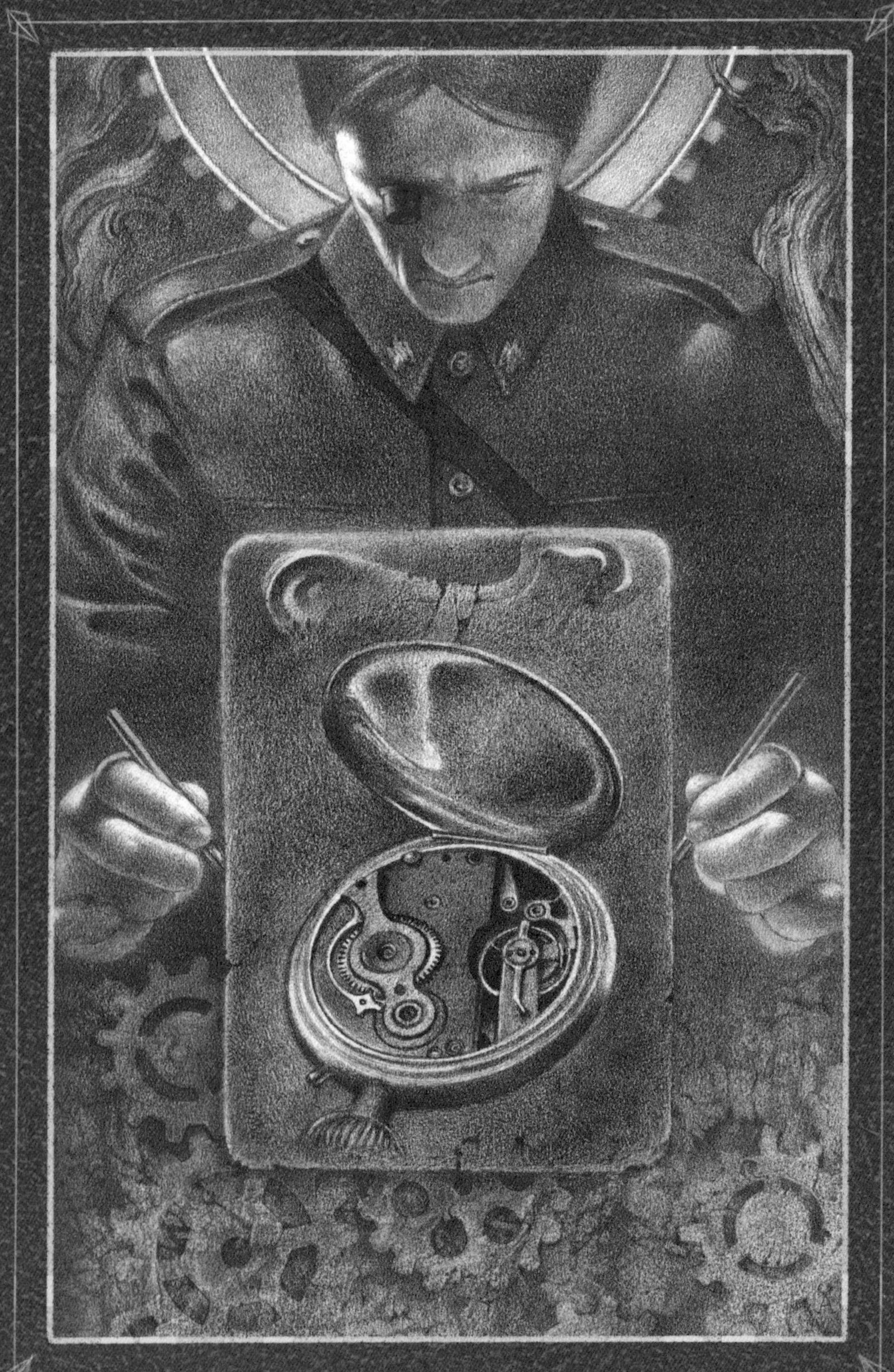

o relojoeiro

Há muito, muito tempo, quando a maioria dos homens guiava seus dias pelo sol, havia em Madri um rei obcecado pelo tempo e por relógios. Encomendava ampulhetas, cronômetros e relógios de pulso de relojoeiros famosos no mundo todo, e pagava por esses instrumentos delicados vendendo seus súditos como soldados ou camponeses baratos para outros reis. Os salões de seu palácio entoavam o som da areia escorrendo em ampulhetas gigantes, e até relógios de sol em seus vastos jardins marcavam as horas de acordo com as sombras. Ele tinha relógios que imitavam o canto de seus pássaros favoritos, e outros que anunciavam cada hora através de cavaleiros e dragões em miniatura. Mesmo nos cantos mais remotos do mundo, seu palácio em Madri era conhecido como *El Palacio del Tiempo*, o Palácio do Tempo.

Sua bela esposa, Olvido, lhe dera um filho e uma filha, mas eles não tinham permissão para brincar e rir como as outras crianças. Seus dias eram medidos e regidos pelos relógios que o rei lhes dera, e que indicavam, com ponteiros de ouro e prata, a hora de acordar, comer, brincar e dormir.

Um dia, o bobo da corte preferido do rei atrevera-se a dizer que o mestre só era obcecado por relógios porque tinha medo da morte e acreditava que, medindo o tempo, pudesse mantê-la afastada.

O rei não perdoava facilmente esse tipo de ousadia. No dia seguinte, seus soldados acorrentaram o bobo às engrenagens do maior relógio do reino, e o rei assistira, sem nenhuma compaixão, às rodas quebrarem todos os ossos do seu ex-preferido. Por mais que tenham tentado, os servos não conseguiram remover todo o sangue das engrenagens, e o relógio passou a se chamar Relógio Vermelho. Segundo cochichavam as pessoas, o tique-taque repetia o nome do bobo falecido.

Dez anos se passaram. O príncipe e a princesa cresceram, e a coleção de relógios do rei se tornou invejada no mundo todo. Até que um dia — no décimo aniversário de morte do bobo —, um presente chegou ao palácio enviado por um remetente desconhecido. Em uma caixa de vidro havia um belíssimo relógio de bolso. O estojo prateado estava aberto, mostrando as iniciais do rei gravadas na parte interna da tampa, com dois ponteiros de prata que se moviam a cada minuto, um tique-taque tão sutil quanto o balançar de uma libélula.

Quando o rei tirou o relógio da caixa, encontrou um pedaço de papel cuidadosamente dobrado e selado. Ficou pálido ao ler a mensagem, escrita com uma caligrafia bela e firme:

Sua Majestade,
Quando este relógio parar, você vai morrer. Ele sabe a hora, o minuto e o segundo exatos, pois tranquei sua Morte aqui dentro. Não tente quebrá-lo. Seu fim só chegará mais rápido.
O Relojoeiro

O rei encarou o relógio em sua mão. Sentia como se os ponteiros esfaqueassem seu coração a cada segundo marcado. Ele não conseguia se mexer. Nem mesmo comer, beber ou dormir. Seu cabelo e sua barba ficaram grisalhos em poucos dias, e ele não conseguia tirar os olhos do relógio.

O príncipe pediu aos soldados do pai que encontrassem o mensageiro que entregara o presente funesto. Ele foi encontrado num vilarejo vizinho, mas o homem não sabia o nome do relojoeiro. Jurou que recebera a caixa em um moinho abandonado da floresta antiga, e, quando os soldados foram até lá com ele, encontraram apenas uma oficina abandonada. As prateleiras e bancadas estavam vazias, com exceção da estatueta de prata de um bobo da corte, dançando, mergulhado em uma tigela cheia de sangue. Os soldados voltaram correndo para contar o que haviam descoberto. Mas chegaram tarde demais. O rei estava morto, ainda sentado no trono, a mão fria segurando o relógio de bolso. O relógio parara na hora, minuto e segundo exatos em que o bobo morrera.

Só então o príncipe se lembrou de que o bobo também tivera um filho.

~XVIII~
a segunda tarefa

Dessa vez Ofélia não acordou com o zumbido da Fada no quarto escuro. Por um instante, o som que penetrava em seus sonhos fez a menina se perguntar se a floresta entrara em seu quarto. Mas quanto se levantou, o Fauno estava ao pé de sua cama, seus braços e pernas rangendo feito os galhos de uma árvore velha ao vento.

— Você ainda não completou a segunda tarefa — rosnou o Fauno.

De novo, ele parecia diferente. Mais forte. Mais jovem... Fazia Ofélia se lembrar de um leão irritado, os olhos felinos, as orelhas arredondadas, e uma cabeleira comprida e amarelada que mais parecia uma juba. Leão, cabra, homem, ele era tudo e nada disso. Ele era... o Fauno.

— Não deu tempo! — defendeu-se Ofélia. — Minha mãe está doente. Muito doente!

— Isso não é desculpa para a sua negligência! — disparou o Fauno, as mãos traçando sua fúria na noite. — Bem... — acrescentou, após uma pausa. — Vou lhe perdoar dessa vez. E trouxe uma coisa que vai ajudar sua mãe.

Mostrou uma raiz branca e encaroçada que era maior que seu punho, e Ofélia teve a impressão de que a planta tinha braços e pernas retorcidos. Como um bebê paralisado enquanto gritava ao nascer.

— É uma raiz de mandrágora — explicou o Fauno, entregando aquela coisa estranha para Ofélia. — Uma planta que sonhava em ser humana. Coloque embaixo da cama de sua mãe dentro de uma tigela com leite fresco e alimente a planta toda manhã com duas gotas de sangue.

A menina não gostou do cheiro da raiz, nem de sua forma bizarramente humana. Parecia um bebê que só tinha boca, sem mãos e pés.

— Agora! Chega de atrasos. Não há tempo a perder! — disse o Fauno, batendo palmas. — A lua cheia já vai nascer. Ah, sim — continuou, tirando sua bolsa de madeira. — Quase esqueci! Você vai precisar da ajuda de meus bichinhos de estimação.

Ofélia ouviu as Fadas tagarelando dentro da bolsa quando ele a colocou em cima da cama.

— É. Você está indo para um lugar muito perigoso — disse o Fauno, erguendo o dedo em alerta, as linhas de sua testa girando como redemoinhos num rio sem fundo. — Ainda mais perigoso que o anterior. Tome cuidado! — Parecia realmente preocupado com ela. — A coisa que repousa naquele lugar — disse ele, balançando a cabeça chifruda e franzindo a testa de repulsa — não é humana, embora pareça. É muito velha, espertalhona e cheia de crueldade... E tem muita fome. — Ele ergueu uma grande ampulheta e a jogou na cama. — Tome.

A SEGUNDA TAREFA

Vai precisar disso também. Lá você vai encontrar um banquete suntuoso, mas não coma nem beba nada. Nada! — orientou, tracejando um grande ponto de exclamação no ar noturno. — Absolutamente nada!

Ofélia olhou para os objetos que recebera: a raiz de mandrágora, a bolsa de madeira, a ampulheta. Três presentes... Era exatamente essa a quantidade de itens que os heróis recebiam nos contos de fadas que ela lia. Esses presentes eram sempre úteis, a menos que fossem perdidos ou usados de maneira incorreta.

— Ab-so-lu-ta-men-te nada! — repetiu o Fauno, suas garras perfurando a noite. — Sua vida vai depender disso.

E antes que Ofélia pudesse pedir mais detalhes, ele desapareceu.

XIX
uma caverna na floresta

Os guerrilheiros encontraram abrigo em uma caverna que ficava a cerca de meia hora de caminhada do moinho. As árvores a camuflavam bem, e o lugar tinha espaço suficiente para os doze homens e seus pertences: alguns montinhos de roupas esfarrapadas, uma pilha de livros desmantelados e uns cobertores finos demais para protegê-los do frio, os últimos resquícios da vida que tinham deixado para trás porque não compactuavam com os soldados e a Espanha expurgada de Franco. Escolher a liberdade tem um preço alto.

— Trouxe um pouco de Orujo — disse Mercedes ao tirar da bolsa a aguardente de bagaço de cana que era a preferida de Vidal. — Tabaco, queijo. E também essas cartas.

Os homens abriram os envelopes com as mãos trêmulas. Enquanto iam para o fundo da caverna para ler o que seus entes queridos haviam escrito, outros farejavam o queijo que Mercedes roubara. O aroma os transportava para tempos melhores, quando faziam queijo com o leite das próprias cabras e a liberdade não era um luxo pago com miséria e medo.

O paciente que seria examinado por Ferreiro estava deitado em uma velha cama dobrável, lendo um livro caindo aos pedaços, a cabeça apoiada em um saco de dormir. Os outros o chamavam de Francesinho, e seus óculos eram o único bem precioso que conseguira salvar. Ele não ergueu os olhos do livro quando o dr. Ferreiro se debruçou sobre sua perna enfaixada.

— Como você acha que está? — perguntou ele ao médico. — Vou perder a perna, não vou?

— Vamos ver.

Em tempos sombrios, Ferreiro encontrava conforto em sua profissão: ele gostava de proporcionar a cura enquanto a maioria aceitava a destruição; mas até a cura se tornara uma tarefa funesta. O homem que o doutor viera ajudar sentenciara a própria morte ao se juntar aos outros na floresta, e Ferreiro sabia que estava aceitando a mesma sentença por ajudar os rebeldes.

Ele hesitou antes de remover a atadura manchada de sangue. Mesmo depois de todos aqueles anos, não se acostumava com o fato de ter que causar dor para ajudar a melhorar. Contendo um gemido, Francesinho estremeceu quando a atadura se soltou, e Ferreiro se perguntou quantos daqueles homens na floresta se arrependiam de terem entrado numa luta que cada vez mais parecia uma causa perdida.

Mercedes também trouxera o jornal, e um amigo de Pedro, Tarta, distraía a todos lendo em voz alta. Ninguém sabia por que a língua de Tarta não formava palavras sem fragmentá-las. Na experiência de Ferreiro, a gagueira era testemunha de uma pele muito fina para manter a escuridão do mundo distante. As pessoas sensatas e delicadas a desenvolviam, pois não deixavam de sentir e ver todas as coisas. Tarta ainda parecia um garoto, sempre com certa melancolia em seu rosto gentil, os olhos escuros observando o mundo com admiração e perplexidade.

— As tropas britânicas e ca-ca-canadenses desembarcaram numa praia pequena no norte da Fran-Fran...

— França, idiota — completou um dos outros ao pegar o jornal, escondendo o medo que sentia das notícias que traziam raiva e crueldade.

— Mais de cento e cinquenta mil soldados nos dão a esperança de que... — leu.

Esperança... Ferreiro olhou para a perna ferida de Francesinho. Uma bala fizera aquele estrago. Ferimentos por bala eram uma realidade muito familiar para o médico, e aquele estava com uma aparência terrível. Por sorte o velho homem não conseguia ver o estrago. *Velho?*, zombou Ferreiro de si mesmo. Francesinho provavelmente tinha a mesma idade que ele.

— Sob o comando do general Dwight Eisenhower...

Francesinho gemeu quando Ferreiro tocou sua perna.

— É tão ruim quanto estou imaginando?

— Veja bem, Francesinho. — A voz de Ferreiro era carregada de compaixão. Ele tirou os óculos numa tentativa vã de enxergar as coisas com menos clareza. — Não tem como salvar a perna.

A caverna foi tomada pelo silêncio. E pelo temor do homem ferido. Os outros rodearam Francesinho enquanto o médico abria a maleta. Pelo menos ele tinha os instrumentos, afinal tratara os soldados que causaram aquele ferimento. Mas não tinha anestésico.

Mercedes obrigou Francesinho a tomar metade da garrafa da bebida de Vidal; nenhum grande consolo para um homem prestes a ter a perna serrada.

— Vou fazer o mais rápido possível e com a menor quantidade de cortes — disse Ferreiro, desejando ter feito uma promessa menos patética.

Francesinho assentiu e segurou a mão da irmã. Embora não fosse mãe de ninguém, ela estava desempenhando esse papel pela segunda vez naquela noite: primeiro com Ofélia, agora com um homem que mal conhecia. Mãe, irmã, esposa... Mercedes era a única mulher que os homens da floresta viam em muito tempo e, para alguns, ela desempenhava todos esses papéis. Como a maioria dos presentes, ela fechou os olhos quando Ferreiro encostou a serra na perna ferida de Francesinho.

— Espere um segundo, doutor! Só um segundo.

Ele olhou mais uma vez para a perna. Sua escolha de lutar contra os soldados o tornara um aleijado. Ferreiro se perguntou como o homem se sentia em relação à decisão que tomara. Francesinho respirou fundo, comprimindo os lábios com firmeza, como se isso fosse sufocar os gritos, o desespero, o medo... Então assentiu novamente.

Dessa vez foi Ferreiro quem precisou recuperar o fôlego para se preparar para a carnificina que estava prestes a fazer. Às vezes até os médicos são transformados em açougueiros pelas trevas deste mundo.

XX
o homem pálido

Em seu quartinho no sótão, Ofélia não precisava esconder o livro que o Fauno lhe dera. Ela o deixava na mesa de cabeceira, onde se destacava dos outros pelo tamanho. Quando as empregadas levavam as refeições, Ofélia percebia que sentiam pena dela por ter sido relegada àquele lugar. Mas a menina não se importava, na verdade. Tornara-se cada vez mais difícil dormir ao lado da mãe, cuja respiração pesada e angustiante a deixava tão irritada com o irmão que, quando tentava imaginá-lo, pensava no rosto do pai dele.

Ela abriu o livro com dificuldade. A lembrança do sangue escorrendo pelas páginas a assombrava, mas a vontade de descobrir mais sobre a tarefa seguinte era maior que o medo. O Fauno já lhe dera a primeira lição: sabia muito bem de sua coragem desde que ela rastejara pelos túneis infinitos do Sapo. Ofélia colocou o casaco para se certificar de que na tarefa seguinte teria algo para aquecê-la e que a roupa não se deterioraria facilmente em situações extremas.

Dessa vez, o livro revelou logo seus segredos. A página da esquerda se encheu primeiro, linhas finas mostrando a figura esquelética de um homem pálido, sem nariz e careca, com buracos no lugar dos olhos e uma boca escancarada. A tinta marrom desenhou uma fada, depois uma porta. A imagem foi tomando forma e ganhando cada vez mais detalhes enquanto Ofélia lia as palavras que apareciam na página da direita:

Use o giz para riscar uma porta em qualquer lugar de seu quarto.

Giz. Ofélia procurou no bolso do casaco o pedaço que o Fauno lhe dera. Por um momento teve medo de que o houvesse perdido, mas finalmente o encontrou. A imagem no livro ainda estava se revelando. Uma menina de vestido verde e avental branco surgiu abaixo do Homem Pálido, com roupas tão limpas que pareciam não ter sido estragadas na floresta. As três fadas estavam ao lado dela. A menina sorriu para Ofélia e se ajoelhou com o giz nas mãos para desenhar uma porta na parede. Mais palavras apareceram:

Quando a porta se abrir, vire a ampulheta e deixe a Fada guiar você...

A porta aberta, agora emoldurada por um arco de pedra, era sustentada por duas colunas que tomaram forma sob o braço direito do Homem Pálido.

Não coma ou beba nada durante sua passagem por lá, alertavam as palavras na página da direita, *e volte antes de o último grão de areia cair.*

Mais imagens iam se formando, mas Ofélia se deu conta de que já havia muitos detalhes dos quais se lembrar, então fechou o livro e se ajoelhou com o giz, como fez a menina da ilustração. A parede do sótão estava coberta de teias de aranha e era bastante irregular, mas o giz deixara uma linha firme no reboco, que então se transformou em espuma branca e, sibilando suavemente, entalhou uma porta na parede. Parecia a porta de uma tumba, e Ofélia a empurrou. A abertura era tão estreita que a menina teve que se abaixar para espiar do outro lado. Encontrou um corredor amplo cuja distância entre o teto e o chão era de pelo menos dois metros, com espaço acima e abaixo dela. Colunas se alinhavam às paredes escuras, tão escuras quanto sangue seco. Raios de luz entravam por janelas pequenas e refletiam nos azulejos quadriculados marrons e brancos do chão.

Como era alto demais para pular, Ofélia pegou uma cadeira no sótão e a empurrou pelo vão, pousando-a no chão do corredor. Então pendurou a bolsa do Fauno no ombro e colocou a ampulheta no chão, ao lado da cama. Assim que Ofélia a virou, uma pequena quantidade de areia vermelho-clara começou a preencher rápida e preocupantemente a parte inferior da ampulheta.

A cadeira também lhe serviu de escada. Quando pulou no piso xadrez, Ofélia ouviu um zumbido ao longe... como se alguém respirasse profundamente durante o sono. O som se misturava ao eco de seus passos enquanto seguia pelo corredor, que parecia serpentear como um rio, as colunas fazendo sombras nos azulejos que lembravam uma fileira infinita de árvores petrificadas. Ofélia tinha a impressão de estar andando por horas, quando de repente o corredor se abriu para um cômodo escuro e sem janelas.

Por um instante, Ofélia se perguntou se estivera perdida no tempo e acabara de voltar de um passado havia muito esquecido. O cômodo parecia muito antigo, sob um teto pintado, mas a menina não olhou para as imagens desbotadas acima de sua cabeça. Tudo que viu foi uma mesa comprida no meio do cômodo. Estava coberta de tigelas douradas e travessas lotadas de frutas, bolos, carne assada. Mas só a cadeira da ponta da mesa estava ocupada. O Homem Pálido estava sentado ali, iluminado pelas chamas bruxuleantes da lareira logo atrás.

Ele não se moveu quando Ofélia se aproximou da mesa. Na verdade, parecia não se mexer havia séculos, enquanto a comida tinha uma aparência fresca, como se tivesse acabado de ser preparada. Ofélia não conseguia tirar os olhos dos bolos, pudins e assados decorados com frutas e flores comestíveis, os pratos dourados refletidos em taças de cristal de vinho tinto. Vermelho e dourado... todo o cômodo era dessas cores, até as chamas do fogo ecoavam esses tons. E o aroma era divino! Fez Ofélia se esquecer de tudo, até mesmo da criatura assustadora sentada em silêncio a poucos passos dali.

Só quando chegou na cabeceira da mesa se lembrou dele. Vê-lo ali, tão próximo, a fez suspirar. Ele estava nu, exatamente como o livro mostrara, a pele pálida cobrindo os ossos feito uma mortalha mal-ajambrada. Era uma visão terrível, mas o pior era seu rosto. Ou a falta de um.

Era um vazio obsceno, marcado apenas por duas narinas e uma boca fina como navalha — um corte manchado de sangue emoldurado por duas dobras pesadas de pele flácida. As mãos da criatura, imóveis ao lado do prato dourado, tinham garras pretas e pontudas, e carne ensanguentada em cima delas.

Já que o monstro não se movia, Ofélia se encheu de coragem. Ela espiou o prato dele, disposto entre suas mãos horrorosas, curiosa para entender por que havia duas bolas de gude em cima dele, mas recuou rapidamente quando se deu conta de que eram dois globos oculares. Só então observou as imagens no teto. Elas revelaram coisas que fizeram Ofélia se afastar da mesa, apesar de todas as delícias que exibia: as ilustrações mostravam a profissão do Homem Pálido.

Algumas expunham crianças erguendo as mãos e implorando por misericórdia. Em outras, lá estava o monstro perfurando as crianças com facas e espadas, decapitando seus membros ou se alimentando insaciavelmente delas. As cenas eram tão vívidas que Ofélia acreditou ter escutado o grito das vítimas. Quando baixou os olhos para fugir daquelas imagens aterrorizantes, viu centenas de sapatinhos empilhados numa das paredes. Ofélia não conseguia acreditar, mas era disso mesmo que se tratava: o Homem Pálido era um Comedor de Criancinhas.

Sim, essa era sua profissão.

Mas se ele come crianças... para que tanta comida?, perguntou-se Ofélia. *Por que esse banquete luxuoso?*

Ela não encontrou essa resposta nas cenas horríveis do teto nem nos pratos dourados. Tudo que precisava fazer era se lembrar do conselho do livro: afastar-se da mesa e deixar que as fadas a ajudassem. Quando Ofélia abriu a bolsa, as três fadas a cumprimentaram com gritinhos alegres, ignorando o anfitrião extenuante sentado à mesa, e voaram para o lado esquerdo da sala. Lá, na parede, havia um conjunto de três pequenas portas rodeadas por esculturas com bocas escancaradas, olhos arregalados, chamas de fogo e, logo acima, a imagem de um labirinto.

As portas eram um pouco maiores que as mãos de Ofélia e pareciam muito semelhantes, mas as três Fadas apontaram para a porta do meio. Era linda, brilhante e coberta de ouro.

Ofélia pegou a chave do Sapo no bolso, mas logo se lembrou das histórias de seus livros de contos de fadas: *Quando se deparar com três opções, sempre escolha a menos óbvia. A preterida.*

— Você errou! — sussurrou para a Fada. — Não é a porta certa!

E, ignorando a tagarelice irritante delas, Ofélia tentou enfiar a chave na fechadura da porta mais humilde, feita com madeira rústica e pregos de ferro. A chave deslizou sem resistência. Ofélia lançou um olhar de triunfo às suas companheiras aladas antes de abrir a portinha. As fadas, no entanto, ouvindo a areia vermelha correr na ampulheta, cercaram Ofélia, implorando que se apressasse. Atrás da portinha havia um compartimento profundo, tão profundo que Ofélia quase não alcançou o que estava escondido lá dentro. Por fim, encostou num tecido sedoso e num objeto frio de metal. O objeto que puxou estava envolto em veludo vermelho, e Ofélia quase o deixou cair quando percebeu o que tinha nas mãos: era um punhal, com uma lâmina comprida prateada como a lua cheia e um cabo dourado com a imagem de um fauno em relevo.

E um bebê.

As fadas mais uma vez apressaram Ofélia, mas ela não conseguia se lembrar da areia correndo na ampulheta, pois estava dentro daquele cômodo do passado, onde tudo parecia congelado no tempo, inclusive o pálido comedor de criancinhas. Uma das fadas, para se certificar de que o monstro estava mesmo imóvel, chegou tão perto do rosto horrendo dele que suas asas quase tocaram sua pele, mas o Comedor de Criancinhas permanecia estático, como se fosse um monumento de si mesmo, um memorial de todos os atos terríveis que cometera.

Ofélia guardou o punhal na bolsa do Fauno, sem tirar os olhos do Homem Pálido enquanto se reaproximava da mesa. Toda aquela comida parecia deliciosa. Não se lembrava da última vez que vira um bolo ou uma fruta tão fresca. *De modo algum!* E ela estava com fome. *Faminta*, seu coração chegou a sussurrar quando ela ergueu a mão. *Não coma nem beba nada!* Mas Ofélia viu as uvas e as romãs e outros alimentos cujo nome desconhecia. Pareciam prometer uma doçura tão deliciosa que ela não quis ouvir as súplicas apavoradas das fadas.

Não. Ofélia as dispensou. Uma uva, só umazinha. Certamente ninguém notaria sua falta naquele banquete abundante. Quem sentiria falta de uma uvinha?

Ofélia arrancou uma do cacho e comeu. A Fada que a encontrara na floresta levou as mãos ao rosto em desespero.

As uvas estavam amaldiçoadas.

O Homem Pálido acordou. As beiradas pretas de seus dedos, pontudas como espinhos, estalaram num gesto parecido com um espasmo, e a boca escancarada se abriu num suspiro atormentado. Ele pegou um dos globos oculares do prato com a mão direita e colocou a palma da esquerda sobre os olhos, seus dedos desabrochando como uma flor maligna. O globo ocular se encaixou perfeitamente no buraco que tinha na palma da mão esquerda, e, quando a mão direita recebeu o segundo globo ocular com pupilas vermelhas como a uva que Ofélia comera, o Homem Pálido ergueu ambas as mãos e as colou ao rosto para descobrir quem o acordara.

Ofélia não se deu conta do que acabara de fazer. A mesa despertava um encantamento muito forte, e a Fada que a levara ao labirinto não evitou que outra uva fosse arrancada do cacho traiçoeiro.

Ah, aquela garota!

Por que era tão difícil ajudá-la? O mestre chifrudo delas ficaria tão zangado... A Fada voou bem em frente ao rosto da menina para quebrar o feitiço, quem sabe até arrancar as uvas de suas mãos. Mas Ofélia permitiu? Ah, não. Ela ficou irritada. *Elas não entendiam?*, pensou a menina, pegando a uva da mão da Fada. O que mais queria era se afogar naquela doçura, que a uva a fizesse esquecer tudo: a amargura, a dor e o medo que inundavam sua vida.

O Homem Pálido se levantou da cadeira. Saiu de trás da mesa, e suas pernas pareciam emperradas, como se tivesse se esquecido de como carregar o corpo esquelético. Manteve as mãos no rosto, e os olhos nas palmas procuravam o ladrão que o acordara e roubara comida da mesa.

Os olhos encontraram primeiro as fadas. E depois Ofélia. Que ainda não tinha se dado conta do que fizera.

As fadas começaram a gritar. Mas suas vozes não eram mais altas que os grilos, e Ofélia comeu outra uva enquanto o Homem Pálido se aproximava, a pele pendendo de seus membros esqueléticos como roupas feitas de carne costurada. As fadas cercaram a cabeça horripilante do Comedor de Criancinhas, numa tentativa desesperada de distraí-lo da menina. O medo delas tornou suas vozes tão estridentes e finalmente conseguiram quebrar o encantamento de Ofélia.

Quando a menina se virou, já era tarde demais. O Comedor de Criancinhas tentava agarrar as fadas com seus dedos ensanguentados. A princípio, elas conseguiram escapar, mas o Homem Pálido era um caçador experiente. Agarrou duas fadas, que lutavam desesperadamente pela vida, mas o algoz não as libertou, e Ofélia viu a primeira morrer entre as gengivas banguelas. Ele arrancou a cabeça dela com a facilidade com que se arranca uma flor do caule, o sangue escorrendo pelo queixo. A segunda fada, lutando para escapar de suas garras, teve o mesmo destino da irmã, suas asas e seus membros frágeis sendo esmagados pelos lábios incolores. O Homem Pálido estava lambendo os dedos sujos de sangue fresco quando Ofélia finalmente mexeu os pés pela primeira vez.

Saiu em disparada pelo corredor, mas logo ouviu os passos instáveis da criatura atrás dela. Quando olhou para trás, viu a figura terrível entre as colunas, seus olhos disparados como dardos incansáveis nas mãos. *Corram!*, disse Ofélia para os próprios pés. *Corram!* Mas seus joelhos tremiam, ela escorregou e caiu no chão quadriculado.

A terceira fada, a única sobrevivente, voou até Ofélia. *Suas irmãs morreram por minha causa!*, pensou a menina, tropeçando. Não. Ela não podia pensar nisso agora. Não conseguia ver o final do corredor, e no sótão a areia escorria na ampulheta.

Talvez fosse bom não ver quanta areia restava. Seu coração disparou quando chegou à última curva do corredor. Lá estava a cadeira e, sobre ela, a porta aberta de giz.

Mas a Fada ouviu a areia escorrendo.

Ofélia já estava a dois passos da cadeira quando a porta começou a se fechar lentamente.

— Não! — gritou ela. — Não!

Ofegante, escalou a cadeira, mas, quando estendeu a mão, a porta tinha sumido e não ia reaparecer, apesar dos murros que deu na parede. O que fez com que sua mente febril se lembrasse do giz? Será que a Fada sussurrara essa lembrança?

Ofélia procurou na bolsa do Fauno.

Nada.

Mas no bolso do casaco ela teve mais sucesso.

Os passos do Homem Pálido ecoavam cada vez mais alto pelo corredor, e os dedos de Ofélia estavam tão tensos de pavor que ela quebrou o giz ao meio. Mal conseguia segurar o toquinho que tinha nas mãos.

Atrás dela, o Homem Pálido avançava pela última curva do corredor. Levantou a mão direita para encontrar Ofélia. Lá estava ela. Ah, ele adorava quando tentavam fugir. Gostava tanto de caçar quanto de matar.

A Fada gorjeou de pavor, mas não saiu do lado de Ofélia nem por um segundo enquanto a menina tentava escalar a cadeira para chegar ao sótão.

Mais perto. O Homem Pálido cambaleava e se aproximava, a perseguição guiava suas pernas esqueléticas, seus olhos cintilavam na palma das mãos.

Ofélia conseguiu desenhar um quadrado nos mosaicos do teto. Empurrou a porta de giz com toda a força, e finalmente ela cedeu, mas quando a menina tomou impulso para passar pela porta que, esperava ela, a levaria ao quarto, seus pés perderam a cadeira. A Fada rodopiava em volta de Ofélia enquanto ela se esforçava para alçar o corpo e escapar das garras terríveis do monstro. As unhas do Homem Pálido arranharam suas pernas, mas ele ficou cego ao usar as mãos para capturar Ofélia, e ela enfim conseguiu subir, chegando ao chão empoeirado do sótão. Empurrou o alçapão que o giz recortara no teto daquele túnel até restar apenas um feixe de luz denunciando a abertura que a salvara.

Ofélia ficou de pé.

Um gemido fazia o chão do sótão tremer, o gemido de uma boca ensanguentada e faminta. Quando Ofélia recuou, sentiu o Homem Pálido tentando empurrar as tábuas do assoalho. Os piores medos estão sempre abaixo de nós, escondidos, abalando as estruturas que queríamos que fossem firmes e seguras.

Tremendo, Ofélia sentou-se na cama para tirar os pés do chão e ouviu a movimentação. Quando a Fada pousou em seu ombro, o calor que emanava de seu corpo minúsculo era um misto de consolo e acusação. Afinal, os fracassos de Ofélia tinham causado a morte de suas irmãs.

A menina ouviu uma última pancada brutal vindo de baixo. Então, finalmente, o silêncio.

XXI
sem escolha

Mal tinha amanhecido quando Pedro levou a irmã e o dr. Ferreiro de volta à clareira perto do riacho onde os encontrara. A luz da manhã batia em seu rosto e o ar fresco carregava a promessa de novos começos.

— Em breve teremos reforços vindo da cidade de Jaca! Cinquenta homens ou mais — disse ele, confiante. Não havia dúvida ou medo em sua voz, apesar do desespero de Francesinho presenciado por todos na noite anterior. — Assim que eles chegarem, vamos encarar Vidal de frente.

Ferreiro já vira esse filme: o entusiasmo que um novo dia podia trazer após uma noite de tormenta. Às vezes a esperança era grande o bastante para durar, mas na maioria dos casos morria ao anoitecer. O médico ainda não se recuperara de ter arrancado a perna de Francesinho. Tanta dor, tanto desespero, tanto desamparo...

— E depois? — Ferreiro não conteve a pergunta. — Se matam Vidal eles mandam outro idêntico para substituí-lo. E assim por diante...

Ferreiro já testemunhara muitos fracassos na vida. Será que tinha vivido só quarenta e oito anos mesmo? Sentia-se mil anos mais velho e estava cansado dos jovens que só queriam lutar, mesmo estando do lado justo da história.

Pedro não se incomodou com a pergunta. O irmão de Mercedes, de rosto jovem e vivaz, olhou para ele. O que viu? Um velho triste, provavelmente.

— Vocês não têm como vencer! — rebateu Ferreiro. — Não têm armas suficientes nem um esconderijo seguro! Vão ter o mesmo fim de Francesinho. Ou pior. — O médico se joelhou na beirada do lago para lavar o bisturi e a serra. Certamente ia precisar dessas ferramentas muito em breve. A água fria deslizou por suas mãos, tão fria quanto o mundo. — Vocês não precisam de mais homens — disse ele. — Os homens do grupo é que precisam de comida! E de remédios!

Pedro ainda não tinha dito uma palavra sequer. Atrás dele, os guerrilheiros catavam lenha e tudo o mais que pudesse ser útil na floresta.

— Rússia, Inglaterra, Estados Unidos... Eles vão nos ajudar — disse Pedro, enfim. — Assim que derrotarem os fascistas alemães, vão nos ajudar a derrotar os fascistas aqui na Espanha. Franco apoiou Hitler, mas nós apoiamos os Aliados. Muitos de nós morreram ajudando a Resistência. Sabotamos as minas de tungstênio da região da Galícia, que eram indispensáveis às fábricas de armas alemãs... Acha que os Aliados vão se esquecer disso?

Ferreiro se empertigou e guardou as ferramentas na bolsa. *Sim, eles vão esquecer.* Sentia-se exausto e irritado. Talvez a irritação fosse culpa do cansaço e da falta de esperança. *E também do medo*, disse a si mesmo. O medo de que as causas boas nunca ganhassem, afastando o mal apenas por um breve momento.

— E Mercedes? — Não, mesmo irritado com a própria voz, não podia deixar passar. — Se você a amasse de verdade, cruzaria a fronteira com ela. Esta é uma causa perdida!

Pedro inclinou a cabeça, como se para ouvir o coração. Então olhou novamente para o médico.

— Eu vou ficar, doutor — disse ele. — Não tenho escolha.

Sua voz tinha tanta determinação quanto seu rosto. Nenhum vestígio de dúvida ou medo.

Nós nos sentimos imortais quando somos jovens. Ou talvez ainda não nos importemos tanto com a morte.

Quando Pedro saiu para encontrar a irmã, Ferreiro acompanhou o jovem guerrilheiro com os olhos. *Será que eu já fui assim?*, perguntou-se. Não. Ou talvez sim. Quando ainda era garoto, o mundo era em preto e branco e havia o bem e o mal. Em que momento o mundo se complicou? Ou essa era só a percepção de seu coração exausto?

Mercedes estava colhendo frutas enquanto seu irmão conversava com Ferreiro. A floresta tinha muito a oferecer àqueles que a respeitavam. Por isso, nunca assustou Mercedes, mesmo quando ainda era muito pequena e sua mãe tentava amedrontá-la com histórias sobre árvores vivas, Vodyanoys e bruxas. Para ela, a floresta sempre fora sinônimo de abrigo, sustento e vida... Por isso, a proteção que a natureza dava a seu irmão não a surpreendia. Pedro parecia tão adulto. Como se fosse o irmão mais velho. *Talvez agora fosse mesmo*, pensou Mercedes, ao vê-lo caminhando em sua direção.

— Irmã, você precisa ir embora.

Ele colocou a mão nos ombros dela. O gesto traiu as emoções que sua voz tentou disfarçar. Mercedes enfiou a mão no bolso e entregou-lhe a chave do celeiro. Roubara a chave da gaveta do capitão na noite anterior, enquanto limpava o quarto dele.

— Espere mais alguns dias — alertou ela. — Se invadir o celeiro agora, vai fazer exatamente o que ele está esperando.

Com um sorriso triunfante, Pedro pegou a chave. Por um momento não pareceu mais um adulto, e sim o menino ansioso de que Mercedes se lembrava tão bem.

— Não se preocupe. Deixe comigo. Vou tomar cuidado.

Cuidado. Ele nunca tomava cuidado. Não sabia o significado dessa palavra. Mercedes segurou a mão dele, prolongando aquele momento precioso. Era isso que sempre os mantivera vivos: momentos furtivos como aquele.

— Eu sou uma covarde — sussurrou ela.

A surpresa no rosto de Pedro quase a fez sorrir.

— Não é, não!

— Sou, sim. Uma covarde... por morar ao lado daquele traste, cozinhando, lavando a roupa dele, arrumando a cama onde dorme... E se o doutor tiver razão e não conseguirmos vencer?

Pedro hesitou, pensativo, como se estudando a possibilidade.

— Então pelo menos teremos dificultado as coisas para esse desgraçado.

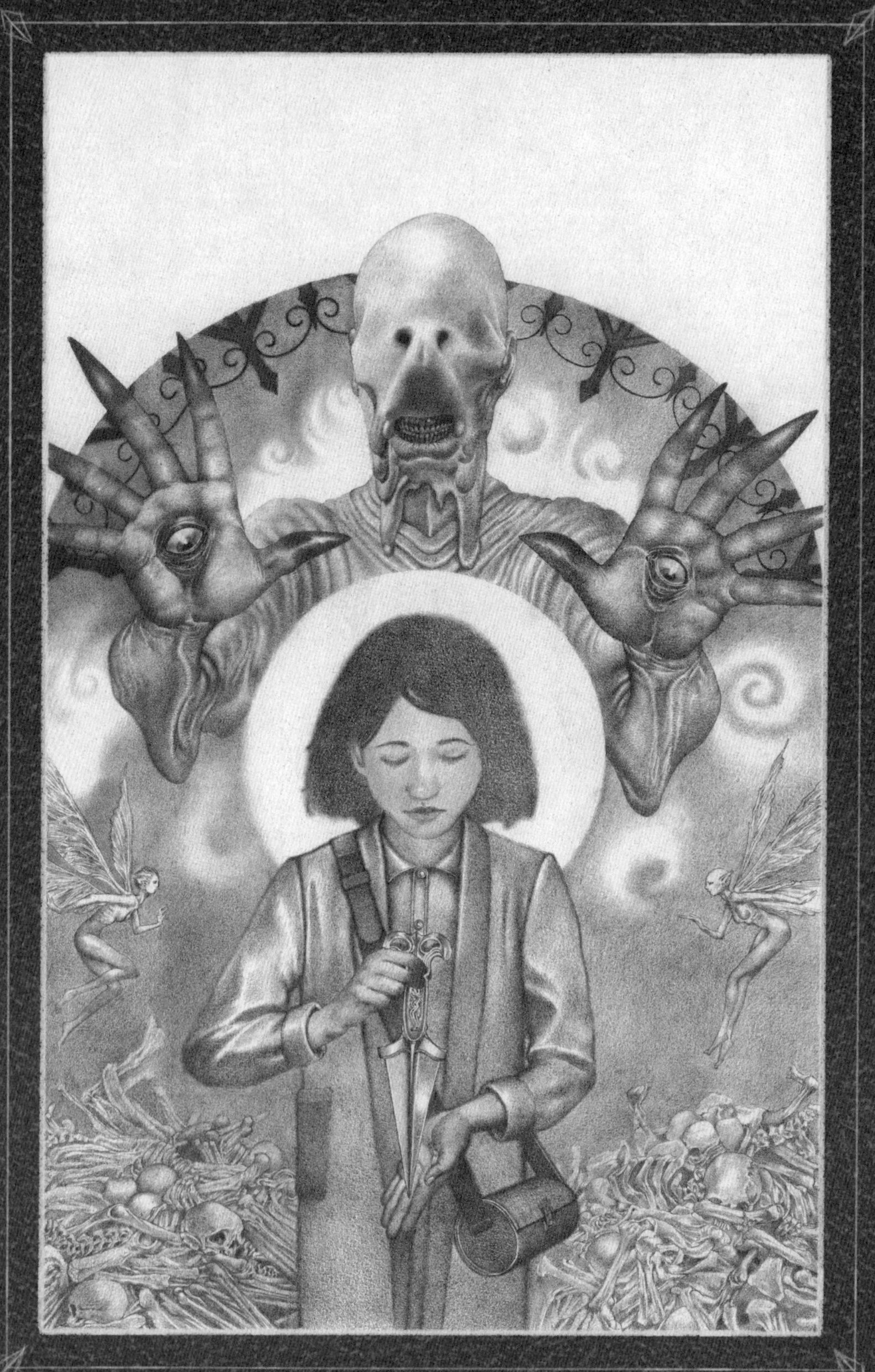

a navalha e a faca

Em um casebre na velha floresta morava uma mulher chamada Rocio, a quem as pessoas dos vilarejos vizinhos chamavam de bruxa. Ela tivera um filho e uma filha com um homem de quem se separou depois que ele começara a bater com cinto nas crianças.

— Vou ter que deixar vocês em breve — disse para eles poucos dias depois que o filho comemorou doze anos e a filha estava a dois meses de completar onze. — Ontem à noite, eu vi minha morte em sonho. Não estou com medo de ir para o Reino Subterrâneo, mas me preocupo que vocês dois sejam jovens demais para enfrentar esse mundo sozinhos. Então vou dar um presente a cada um de vocês que vai ser muito útil caso meu sonho se torne realidade.

Os filhos trocaram um olhar assustado. Os sonhos da mãe sempre viravam realidade.

Rocio pegou a mão da filha e fechou seus dedos pequeninos ao redor do cabo de uma faquinha de cozinha.

— Esta lâmina vai proteger você de todo mal, Luísa — disse a bruxa. — E mais do que isso. Essa faca corta a máscara dos homens e revela sua verdadeira identidade, que tanto tentam esconder.

A menina teve que conter as lágrimas, pois amava muito a mãe, mas pegou a faca e a escondeu nas dobras do avental.

— E para você, Miguel, um outro tipo de lâmina — disse a bruxa, fechando os dedos dele no cabo prateado de uma navalha. — Isto vai ser útil para você como a faca de cozinha vai ser para sua irmã. Esta lâmina vai protegê-lo de todo o mal, e quando você ficar mais velho e precisar se barbear, esta navalha não só vai remover os pelos de seu rosto como vai lhe ajudar a esquecer as lembranças dolorosas. Toda vez que usá-la, seu coração vai parecer jovem e renovado como um rosto recém-barbeado. No entanto, tenha cuidado. Algumas memórias precisam ser mantidas, embora nos machuquem profundamente. Use esse presente com sabedoria, meu filho, e em ocasiões especiais.

No dia seguinte, Rocio não voltou da floresta com as ervas frescas que colhia todos os dias. Só na outra manhã seus filhos descobriram que um nobre havia pedido que seus soldados a afogassem no lago, aonde ela costumava levar os filhos para pedir conselhos à água sobre o passado e o futuro.

Sabendo que filhos de bruxa raramente sobrevivem, Luísa e Miguel empacotaram depressa o pouco que tinham e deixaram o casebre que chamavam de lar. Encontraram uma caverna do outro lado da floresta, a uma distância segura do lago onde a mãe morrera. A caverna os abrigou da chuva e dos dentes afiados da noite, e as duas lâminas lhes garantiram comida e até proteção contra o Homem Pálido, no dia em que ele vagou ali por perto.

O ar já tinha cheiro de neve quando um agricultor que caçava coelhos os encontrou na floresta. Como ele e a esposa não podiam ter filhos, os levou para casa sem perguntar de onde tinham vindo, e aquele casal sem filhos os criou e os amou como se fossem seus. Quando cresceram, Luísa virou cozinheira e Miguel aprendeu o ofício de barbeiro, e as duas lâminas que ganharam continuaram lhes garantindo sustento e proteção.

Luísa e Miguel guardaram os presentes da mãe durante toda a vida e, muitos anos depois, os repassaram para os próprios filhos. A faca e a navalha de barbear ainda estavam tão afiadas e brilhantes quanto no dia em que Rocio as colocou nas mãos dos dois. E como ambos tiveram filhas, a lâmina de barbear foi passada para o genro de Miguel, que tinha um coração sombrio e cruel. Um dia, num surto de raiva, ele enfiou a lâmina no pescoço da esposa. A lâmina não lhe obedeceu e cortou sua própria mão, mas, a partir daquele dia, em vez de apagar as lembranças dolorosas, a lâmina da navalha repassou tais memórias para os homens que a tinham usado um dia, e eles foram envenenados pela própria escuridão.

XXII
Os reinos da morte e do amor

Vidal não dormira bem, e enquanto raspava com a navalha o rosto recém-lavado, desejou que a lâmina eliminasse não só a barba escurecida, como os sonhos tumultuados que ainda se aninhavam nas sombras que a manhã pintara em seu quarto empoeirado.

Ao lavar a lâmina, o creme de barbear deixava a água branca como leite. Por que isso lhe trazia à mente seu filho não nascido e os sangramentos da esposa? Próximo à tigela com água, o relógio de bolso tiquetaqueava a vida que lhe restava. *Morte!*, os ponteiros prateados pareciam alertar. Talvez a morte fosse o único amor no coração de Vidal. Seu maior romance. Nada se comparava a ela. Grandiosa, absoluta, uma celebração das trevas, de finalmente se entregar completamente a algo. No entanto, mesmo na morte havia, é claro, o medo de fracassar, de desaparecer sem ser notado e sem glória, de encarar o pó, ou pior, de acabar como a mãe dele, na cama, a doença carcomendo seu corpo. As mulheres morriam assim, os homens, não.

Vidal encarou seu reflexo. O restante do creme de barbear dava a impressão de que sua pele já estava apodrecendo. Ele ergueu a navalha tão perto do espelho que a lâmina pareceu cortar seu pescoço. Havia medo em seus olhos?

Não.

Vidal afastou a mão abruptamente, convocando a máscara de confiança que se tornara seu segundo rosto, impiedoso e determinado. A morte é uma amante que se deve temer, e só há um jeito de superar esse medo: se tornando seu executor.

Talvez sozinho, na frente do espelho, cortejando a morte com a lâmina em punho, Vidal tenha pressentido a chegada da Morte ao moinho. Talvez tenha ouvido seus passos silenciosos subindo a escada até o quarto onde sua esposa grávida tossia incansavelmente na cama encharcada de suor.

Ofélia também ouviu os passos da Morte. A menina estava ao lado da mãe na cama, acariciando o rosto tão quente que era como se a vida ardesse em cinzas dentro dela. Será que o irmão também estava com medo? Ofélia colocou a mão no calombo que seu corpinho formava embaixo do cobertor. Será que ele sentia o calor da febre da mãe em seu rosto tão pequenino? Ofélia já estava cansada de sentir raiva dele. Fora aquele lugar que adoecera a mãe, não o irmão. E o único culpado era o Lobo. Na verdade, ela estava ansiosa para ter a companhia do irmão, para senti-lo nos braços e cuidar dele do jeito que a garota entalhada na coluna do labirinto cuidava da criança que carregava nos braços. Às vezes é necessário ver o que sentimos para entender melhor nossos sentimentos.

Ofélia fora ao quarto da mãe para fazer o que o Fauno lhe pedira. Trouxera uma tigela com leite e a mandrágora, embora a raiz ainda lhe causasse repulsa. A criatura começou a se agitar no momento em que foi banhada pelo leite, esticando os membros pálidos feito um recém-nascido. Seus braços e suas pernas eram gordinhos como os de um bebê, e até os barulhos que fazia lembravam os gritinhos agudos de uma criança. Quando a mãe de Ofélia gemeu na cama, a mandrágora se virou em direção ao gemido feito um filho ouvindo a voz da mãe.

Apesar da repulsa, Ofélia sorriu. A raiz grunhia enquanto ela colocava a tigela embaixo da cama. Não foi fácil deixar a tigela ali sem derramar leite. A menina teve que rastejar sob a cama para não deixar o objeto à vista, e quando a mandrágora começou a chorar como um bebê, a menina ficou preocupada que pudesse acordar sua mãe. Um bebê faminto. Ah, claro! Ofélia mordeu o próprio dedo e o apertou até caírem duas gotas de sangue no leite. Ali, deitada embaixo da cama, ouviu passos.

Alguém entrou no quarto e parou ao lado da cama da mulher. Ofélia ficou aliviada quando reconheceu os sapatos do dr. Ferreiro.

Mas ele não estava sozinho.

— *Capitán!* — Ofélia o ouviu dizer. — A febre baixou! Não sei como, mas baixou.

Ferreiro ficou muito aliviado. Desde que Ofélia encontrara a mãe sangrando, o doutor estava com medo de que ela logo ficasse órfã e de que seu irmão também não escapasse da morte. Ferreiro tentara ao máximo esconder essas preocupações da menina, mas vira o medo nos olhos dela, escuros como os da mãe. Ele sabia que não conseguiria proteger a menina daquele homem a seu lado se a mãe dela morresse. A garota que estava deitada embaixo da cama da mãe, o coração disparado...

— E daí? Ela ainda está com febre.

Ofélia não sentiu alívio ou preocupação na voz do Lobo. Nem amor.

— Sim, mas é um bom sinal — disse o médico. — O corpo dela está respondendo ao tratamento.

Ofélia sentiu a mãe se mexendo durante o sono na cama.

— Escute, Ferreiro — a voz do Lobo era muito fria —, se tiver que escolher, salve o bebê. Entendido?

Ofélia não conseguia respirar. Seu coração estava dilacerado. Cada palavra do Lobo parecia um tapa no rosto febril da mãe dela.

— Esse garoto — continuou ele — vai ter o meu nome. E o nome do meu pai. Salve-o. E se...

Uma explosão repentina o silenciou. Ofélia tinha certeza de que viera da floresta. A Morte não estava perambulando só pelo moinho.

Quando Vidal saiu da casa, encontrou seus soldados reunidos no pátio. Uma bola de fogo ascendia do dossel das árvores e enchia o céu de fumaça.

Ofélia ouviu mais duas explosões quando saiu de debaixo da cama. Não se importou. O rosto da mãe estava em paz pela primeira vez desde o dia em que sua camisola se ensopara de sangue, e Ofélia gentilmente encostou o ouvido na barriga dela.

— Irmão! — sussurrou ela. — Irmãozinho, se está me ouvindo, preciso dizer que as coisas aqui não estão muito boas. Mas logo, logo você vai ter que sair daí. — Ela já estava cansada de chorar, mas as lágrimas invadiram seus olhos. — Você deixou a *mamá* muito doente.

Se tiver que escolher, salve o bebê. As palavras do Lobo despertaram sua raiva, mas Ofélia não queria sentir isso. Dali em diante seriam os três contra ele. Mãe, irmã e irmão. Tinha que ser assim.

— Quero pedir um favor! — implorou ela. — Um favor para quando você sair daí. Só um. Por favor, não machuque a mamãe. — As lágrimas de Ofélia molharam o cobertor da mãe, como se todo o medo e a tristeza que sentia tivessem virado líquido. — Você vai ver quando a conhecer — disse ela. — A mamãe é muito bonita, mesmo quando fica triste por vários dias. E quando ela sorrir... sei que você vai se apaixonar. Tenho certeza! — Não houve resposta, mas Ofélia acreditou ter ouvido o coração do irmão bater sob a pele da mãe. — Preste atenção — ela deu às palavras toda a ênfase que uma promessa solene pedia —, se fizer o que eu pedi, vou levar você para o meu reino e transformá-lo em um príncipe. Prometo! Um príncipe.

Embaixo da cama, a mandrágora grunhiu de leve.

XXIII
o único modo honrado de morrer

Os rebeldes tinham detonado os trilhos da ferrovia nas colinas e um dos trens que transportavam suprimentos do Exército para uma tropa ali perto. A locomotiva ficou presa nos trilhos de ferro derretido, os flancos de metal tomados pelas cinzas e o solo em que estavam fincados cobrindo os trilhos.

— Eu apitei, mas eles não saíram do caminho! — O maquinista queria convencer a todos de que a culpa não fora dele. Ficou desnorteado ao ver Vidal e Serrano caminhando pelos vagões danificados. — Eu tentei parar! Juro! Mas já era tarde demais.

Idiota. Só quem tem culpa dispara um monte de explicações. Vidal queria empurrá-lo para baixo do trem quebrado ou chutá-lo até ficar tão imóvel quanto sua locomotiva. Mas o otário continuava com suas justificativas esbaforidas:

— Eu e o bombeiro conseguimos saltar a tempo, mas olhe só o estrago!

Vidal observou os trilhos detonados, o trem destroçado. Quebrado. Fora de serviço. Tudo o que os desgraçados da floresta queriam. Caos. Ele parou diante de um dos vagões que, de certa forma, parecia intacto.

— O que eles roubaram? — perguntou a um dos homens que supervisionava o veículo.

— Nada, *capitán*. Não entraram em nenhum vagão.

O homem limpou a fuligem do rosto. Estava mais calmo que o maquinista. Afinal, tinha boas notícias.

— Como é que é?

— Apesar da bagunça, não abriram nenhum vagão. Não levaram nada. Só Deus sabe o que queriam. Além de desperdiçar nosso tempo.

Vidal observou seus soldados zanzarem ao redor do trem inoperante feito formigas em volta do formigueiro pisoteado. *Desperdiçar nosso tempo*. As palavras soaram muito falsas para ele. Não. Os rebeldes não usariam seus explosivos valiosos só para irritá-lo. Ou usariam? A resposta ressoava na floresta antes que Vidal pudesse terminar o raciocínio.

Outra explosão os dispersou. Mais uma bola de fumaça subia das árvores, e não havia dúvida quanto à direção em que tinha surgido.

Enganado! Não passara de uma armadilha, uma distração!

Agora, sim, era uma guerra.

O combate ainda se desenrolava quando chegaram ao moinho. Os jipes, caminhões e tendas dos soldados estavam detonados, corpos encharcados de sangue caídos por todo o pátio. Vidal quase não reconheceu Garcés quando ele surgiu em meio à fumaça coberto de sangue e fuligem.

— Eles apareceram do nada, *capitán*!

Vidal o empurrou.

Chovia muito, como se o céu tivesse se aliado aos guerrilheiros desembestados. É, ia chamá-los assim dali por diante. Bestas da floresta. A chuva se misturava com a fumaça, e ficou difícil distinguir de onde vinham os ataques, mas Vidal não tirou os óculos de sol. O reflexo da destruição nas lentes escuras era tudo que ele queria que seus soldados vissem até conseguir controlar as emoções. A máscara dele estava caindo, e os olhos eram os primeiros a revelar o medo e a raiva escondidos atrás dela.

Eles foram enganados feito uma ninhada de coelhos por uma raposa, todo o equipamento, os soldados, tudo reduzido a um entulho encharcado de chuva fumacenta. Vidal ouvia a floresta rindo de sua cara, ela e os covardes escondidos atrás das árvores.

— Eles têm granadas, *capitán*! — exclamou Garcés, com os olhos arregalados de medo. — Não havia nada que pudéssemos fazer.

Os soldados sabiam que o *capitán* arranjaria um culpado que pagaria por isso. Só então Vidal notou que as portas do celeiro estavam escancaradas.

Ele quase esmagou os óculos de sol ao tirá-los do rosto com a mão enluvada. Garcés nem se atreveu a segui-lo. Os suprimentos, os remédios... os rebeldes tinham levado tudo, até o tabaco dele. No entanto, as portas estavam intactas. Sem vestígio de explosivos. Vidal examinou a fechadura. Nenhum sinal de arrombamento.

— *Capitán!* — chamou Serrano ao se aproximar dele. Não escondia o alívio pelo fato de, junto de Garcés, não ter sido o encarregado da guarda matinal do moinho. — Conseguimos cercar parte do grupo. Eles se esconderam na colina.

A colina. Ótimo. Isso transformaria as feras em coelhos fracotes. Vidal endireitou o quepe sobre o cabelo molhado. É isso. Dessa vez ele não os deixaria escapar.

Não tinham muito para onde correr na colina. As poucas pedras no topo eram a única cobertura dos guerrilheiros.

Vidal liderou o ataque, atirando enquanto corria de uma árvore para a outra. Dessa vez ia acabar com eles antes que a floresta os escondesse de novo. Como sempre, quando saía em combate, segurava o relógio de bolso com a mão esquerda. Era seu amuleto, a superfície quebrada de vidro roçando a palma da mão, o tique-taque o ajudando a prosseguir. Às vezes soava como um sussurro metálico: *Vamos lá, Vidal. Eu vi a morte de seu pai. Quero ver a sua também. Quanto tempo vai me deixar esperando?*

Ele ordenou que os soldados atacassem os guerrilheiros por todos os lados. Ladravam dispersos no fogo cruzado, mas ele sabia que os inimigos logo ficariam sem munição. Havia aproximadamente uma dúzia de homens, talvez menos. Era uma desvantagem desesperadora.

A caça não foi tão prazerosa quanto costumava ser. Vidal se permitira ser enganado pela presa. Nenhuma vingança apagaria essa vergonha. Mas pelo menos podia garantir que ninguém sobrevivesse para contar a história. Ele se escondeu atrás de uma árvore para recarregar a pistola. Serrano se protegeu atrás de uma à esquerda de Vidal.

— Para cima, Serrano! — gritou ele, saindo de trás da árvore para disparar mais tiros. — Não tenha medo, essa é a única maneira decente de morrer!

Ele se escondeu mais uma vez e respirou fundo enquanto guardava o relógio no bolso. Ainda estava sob sua proteção. Era evidente que não tinha chegado sua hora de morrer. Mais alguns tiros, balas passando de raspão por ele, enquanto seus soldados gritavam ao redor e caíam de costas com os olhos vidrados sob os galhos e a chuva impiedosa. Escondeu-se atrás de outra árvore para recarregar a pistola e sair à caça sob a chuva metálica, montanha acima, perseguindo as presas atrás das pedras, deixando-os arrependidos da ousadia de fazê-lo de bobo.

Vidal se escondeu pela última vez. A chuva escorria do topo do quepe para os seus olhos. Havia cadáveres esparramados pelas pedras feito raízes pálidas arrancadas do chão. Apenas dois rebeldes ainda estavam no combate, mas quando Vidal ordenou mais um ataque, eles caíram com gritos abafados, atingidos por diversas balas.

Ah, o silêncio da Morte. Não havia nada que se assemelhasse àquilo. Muitas vezes Vidal desejara gravá-lo e ouvi-lo enquanto se barbeava. O silêncio da Morte só foi interrompido pelo barulho da chuva que escorria por entre as árvores e caía nos cadáveres, ensopando suas roupas até parecerem derretidas no chão.

Vidal subiu o último trecho da colina, seguido pelos soldados que sobreviveram ao ataque. Suas perdas não se comparavam às dos guerrilheiros. O primeiro diante do qual Vidal parou não se mexeu. Mas ele preferiu ter certeza atirando em seu rosto silencioso. Foi uma sensação boa. Cada tiro neutralizava um pouco o veneno que a vergonha de ser enganado deixara em seu sangue. Mas ele precisava encontrar algum rebelde que ainda conseguisse falar.

Serrano, como sempre, veio correndo feito um cão bem treinado quando Vidal o chamou. Encontraram outros dois inimigos entre as pedras no topo da colina. Eram garotos, com uns quinze anos. Um deles estava morto, mas o outro ainda se mexia. Estava pressionando com a mão direita o ferimento à bala que sofrera no pescoço, a pistola ao lado do corpo. Vidal a chutou para longe.

— Vejamos — disse ele, tirando a mão ensanguentada do garoto de cima da ferida.

Ele falou com certa gentileza, afinal gostava de demonstrar calma à sua presa.

O garoto ainda queria resistir, mas foi fácil tirar a mão de cima da ferida. Ele não tinha mais forças e, certamente, lhe restava pouco tempo de vida. O pescoço também estava coberto de sangue.

— Consegue falar?

O garoto tentava respirar, olhando fixamente para as nuvens que cobriam seu rosto de chuva.

— Droga — disse Vidal ao se levantar, sacando a pistola.

Quando apontou para a cabeça do menino, o tolo ainda levantou a mão ensanguentada tentando empurrar a boca da pistola, e seus olhos eram desafiadores, quase zombeteiros. Vidal puxou a pistola da mão da vítima e mirou novamente. Então o garoto apertou a boca da pistola, e a bala atravessou a pele e o osso. Vidal deu outro tiro na cabeça do rebelde.

— Inúteis. Ninguém consegue falar — disse Vidal, acenando para os cadáveres no chão. — Matem todos eles.

Serrano assistira ao assassinato do garoto inquieto. Vidal suspeitava de que às vezes o soldado imaginava a própria cabeça na mira da pistola do capitão. Garcés certamente não tinha pensamentos como aquele. Ele cumpria ordens.

— *Capitán!* — chamou ele. — Esse aqui está vivo. Só a perna que está machucada.

Vidal aproximou-se dele. Bastou olhar para o rebelde ferido para abrir um sorriso.

— É, esse vai servir.

~XXIV~
más notícias, boas notícias

Soldados geralmente ficam em silêncio depois de batalhas perdidas. Contudo, os homens de Vidal gritavam e riam ao voltarem pela floresta. Mercedes sabia que algo terrível devia ter acontecido. As outras empregadas estavam na porta da cozinha assistindo ao tumulto no pátio quando ela entrou correndo.

— O que aconteceu? — perguntou, ofegante de medo, mal conseguindo falar.

Quando fora a última vez em que respirara com tranquilidade? Nem lembrava.

— Pegaram um. Está vivo — disse Rosa, com a voz marcada pelo pânico. Corriam rumores de que o sobrinho dela era um dos rebeldes na floresta. — Levaram ele para o celeiro!

Todo mundo sabia o que isso significava.

Quando Mercedes saiu correndo sob a chuva, Mariana chamou por ela, mas Mercedes não conseguiu ser cautelosa. Não daquela vez. O medo que sentia parecia uma fera devorando seu coração.

— Mercedes! Volte aqui! — implorou Mariana, com a voz rouca.

As outras empregadas se reuniram em volta da cozinheira feito uma revoada de galinhas assustadas, todas com o rosto petrificado de esperança e medo: medo de que os homens de Vidal arrastassem Mercedes para o celeiro, esperança de que ela descobrisse quem fora capturado.

Quem eles pegaram?

— *Pedro!* — Mercedes sussurrou o nome do irmão enquanto seus pés escorregavam na lama. — *Pedro!*

Assim que chegou ao celeiro, viu os soldados arrastando o prisioneiro porta adentro, as pernas desgovernadas dele arando o chão enlameado. Mercedes deu mais um passo para espiar lá dentro, mas só conseguiu ver os soldados, com as capas de chuva cintilando no escuro. Amarravam um sujeito desacordado a uma das vigas de madeira.

— Mercedes?

Vidal estava atrás dela, ao lado de Serrano.

— *Capitán* — respondeu, surpresa pelo som emitido por seus lábios. Ela mal conseguia tirar os olhos do prisioneiro. Sua cabeça estava caída, o rosto escondido sob um boné preto. Seu irmão usava um boné semelhante. — Eu preciso... procurar uns suprimentos no celeiro.

O capitão certamente percebera o desespero dela. Até para si mesma Mercedes soava tão assustada quanto uma garotinha perdida. Por sorte, Vidal estava tão preocupado em aproximar-se do prisioneiro que não prestou atenção nela.

— Agora não, Mercedes — respondeu ele. — Não quero ninguém no pátio ou no celeiro. Veja como minha esposa está, por gentileza...

Ela concordou, obediente. Mas não conseguia se mover. Ficou ali, paralisada, e viu quando Vidal tirou o boné da cabeça caída do prisioneiro, ele ergueu o rosto e olhou para ela.

Tarta.

Os olhos dele estavam tão arregalados quanto os de um cordeiro arrastado para o matadouro, olhos conscientes do que estava por vir. Era como se a mão dele se estendesse para Mercedes, mas Tarta não a entregou. Ele não gritou por socorro. Comprimiu os lábios, determinado a ser corajoso, lábios que não desfaziam promessas feito argila porosa.

Mercedes ainda estava de pé sob a chuva quando Serrano fechou as portas do celeiro. A mulher ficou envergonhada de sentir alívio por terem capturado Tarta, e não Pedro. Mas o alívio durou pouco, porque Tarta sabia onde Pedro estava. E sabia também sobre ela e o médico.

Ele sabia de tudo.

Mercedes se surpreendeu quando seus pés acharam o caminho de volta para a cozinha. As outras empregadas estavam cortando legumes para a sopa que serviriam para os assassinos. *Será que meu irmão ainda está vivo?*, perguntava-se incansavelmente quando se juntou às outras para cortar os tubérculos e a salsinha. E os outros guerrilheiros? Será que estavam todos mortos na floresta, o sangue deles se misturando à chuva? *Não!*, dizia para si mesma. *Não, Mercedes, eles não teriam preservado a vida de Tarta se tivessem matado todos.*

Então, lentamente, como se seus dedos pertencessem à outra pessoa, Mercedes picou outro tubérculo em fatias finas com a faca de seu avental. Só conseguia prestar atenção na lâmina afiada. O que estava acontecendo no celeiro? Ela reuniu toda a força para que seus pensamentos não retornassem ao rapaz de olhos arregalados e imaginassem o que fariam com ele.

Mariana estava olhando para ela, seu rosto redondo marcado pela vida.

— É o suficiente, querida — disse ela quando Mercedes empurrou as verduras pela mesa e pegou outro tubérculo.

Que linha a vida traçava agora em seus rostos? Muitas linhas de medo, de sofrimento... Mercedes ficou surpresa por ela ainda ser bonita.

Mariana segurava a bandeja de comida que preparara para Ofélia e sua mãe.

— Levo para elas?

Mariana não tinha entes queridos na floresta, mas tinha dois filhos mais ou menos da mesma idade de Tarta.

— Eu mesma levo — disse Mercedes, pegando a bandeja das mãos dela.

Tudo para impedir que sua imaginação fosse longe, mas não adiantou. *O que aconteceu com Pedro?* A pergunta se repetia a cada degrau que ela subia. *O que Tarta está contando para eles?*

O dr. Ferreiro estava com a mãe de Ofélia. Quando Mercedes entrou no quarto, ele ergueu os olhos do vidro de remédio que estava preparando. *Você se lembra do Tarta?*, ela queria perguntar ao médico. *De como ele não consegue ler o jornal rápido para os outros? Então, agora ele pode nos entregar, se o fizerem falar.*

Ofélia não percebeu o medo de Mercedes.

Estava feliz demais para reparar. Sua mãe sentia-se bem o suficiente para jogar cartas com ela, e, quando Ferreiro lhe entregou o vidro de remédio, ela até balançou a cabeça.

— Acho que não preciso disso, doutor — disse ela. — Estou muito melhor.

— É por isso que só fiz meia dose, e, sim, você melhorou muito — disse o dr. Ferreiro, com um sorriso. — Não sei como, mas fico feliz.

Ofélia sabia. Ela olhou para a jarra de leite fresco que Mercedes trouxera. A mandrágora logo precisaria de mais leite. E de mais gotinhas de sangue. Tudo ia ficar bem, mesmo ela tendo desobedecido ao Fauno e causado a morte das fadas. Ainda ouvia os gritos delas nos sonhos, mas a mãe voltara a sorrir e, além do mais, Ofélia cumprira a segunda tarefa e pegara o punhal do Homem Pálido.

É, o Fauno ia entender.

No fundo do coração, Ofélia sabia que ele não entenderia, mas estava feliz demais para deixar que essas preocupações estragassem sua alegria.

XXV
Tarta

Vidal estava fazendo as coisas no seu tempo. Interrogar um prisioneiro era um processo complexo. Parecia uma dança, um passo lento para trás, depois um rápido para a frente, e vice-versa. Devagar, rápido, devagar.

O prisioneiro tremia e seu rosto estava suado, embora só o tivessem machucado de leve. Até então o medo fazia o trabalho mais pesado, o medo do que estava prestes a acontecer. Seria fácil acabar com ele.

— Nossa, como esse cigarro é bom. Tabaco de verdade. Difícil de achar — disse Vidal, segurando o cigarro tão próximo ao rosto do rapaz que dava para sentir o tabaco sendo carburado.

Tarta inclinou a cabeça para trás quando o sequestrador enfiou o cigarro entre os lábios dele.

— Va-va-vai para o inferno.

— Dá para acreditar, Garcés? — perguntou Vidal, virando-se para seu soldado. — Pegamos o safado, mas ele é gago. Vamos passar a noite inteira aqui.

— O tempo que for necessário — respondeu Garcés.

Tarta percebeu que o soldado não apreciava a situação tanto quanto seu *capitán*, que era o tipo de demônio uniformizado que Tarta sempre temera conhecer. O garoto sabia o que os militares eram capazes de fazer. *Se for pego, pense em alguém que precisa proteger*, Pedro lhe ensinara quando treinaram um método de ficar em silêncio mesmo sob tortura. *Alguém por quem você morreria. Pode não ajudar muito, mas não importa. Pense em alguém.* Mas quem? Talvez sua mãe. É. Ainda que pensar nela piorasse a situação só de imaginar seu sofrimento caso ele morresse.

Tarta baixou a cabeça. Se ao menos seus membros parassem de tremer... Por mais que o conselho de Pedro ajudasse a distraí-lo, o corpo revelava o medo que o dominava.

— Garcés está certo. O tempo que for necessário.

O *capitán* tirou a camisa, o cigarro pendendo dos lábios. Tarta se perguntou se tinha feito isso só para não sujar a peça com seu sangue.

— É melhor você começar a contar tudo. Mas, por garantia, trouxe algumas ferramentas. Só umas coisinhas básicas.

Vidal pegou um martelo. Organizara os objetos na mesa velha de madeira.

Tremedeira. Não dizem que se pode morrer de medo? Tarta bem que queria saber morrer envenenado pelo próprio medo.

— A princípio não posso confiar em você. — O Demônio balanceava o martelo na mão. Estava claramente orgulhoso de suas habilidades de tortura. — Mas depois que eu usar isso aqui, você vai confessar algumas coisas. Quando chegarmos a estas ferramentas... — Vidal pegou um par de alicates. — Já teremos uma... Como posso dizer...?

TARTA

Tarta captou uma pitada de desconforto, ou até mesmo de compaixão, no rosto de um dos soldados. Ele tinha o mesmo bigode do pai de Tarta.

— Digamos que... — O Demônio abriu e fechou os alicates. — Já teremos estabelecido uma relação de confiança... coisa de irmãos. E quando chegarmos a este... — Vidal mostrou uma chave de fenda. — Vou acreditar em tudo que você me disser.

Tarta começou a chorar. Evitou ao máximo, mas sentia muito medo, solidão e desespero. Precisava extravasar de alguma forma, mesmo que fosse com lágrimas.

Seu sequestrador deu outro trago prazeroso no cigarro e colocou a chave de fenda na mesa. Então pegou novamente o martelo e se aproximou de Tarta.

— Vou fazer uma proposta — disse ele, encostando a cabeça pesada do martelo no ombro trêmulo do garoto. — Se conseguir contar até três sem gaguejar, libero você.

Tarta ergueu a cabeça para observar o torturador, embora soubesse que os olhos entregariam o desespero de seu coração aterrorizado que ansiava por uma gota de esperança. O rebelde também procurou por isso no rosto de Garcés. Sim, era esse o nome dele. Tarta estava feliz por nunca ter ficado sabendo o nome verdadeiro dos guerrilheiros; tinha uma memória muito boa.

Não havia expressão alguma no rosto bigodudo de Garcés.

— Não olhe para ele! — gritou o Demônio. — Olhe para mim. Sou eu quem mando aqui. Garcés?

— Sim, *capitán*.

— Se eu disser para esse idiota ir embora, alguém pode me contradizer?

— Ninguém, *capitán*. Se você autorizar, ele pode ir — disse Garcés, retribuindo o olhar do rapaz trêmulo.

Isso é tudo o que eu posso fazer por você, os olhos do homem pareciam dizer. *Não desviar o olhar.*

Vidal deu outro trago no cigarro. Ah, como gostava de fumar.

— Chegou a hora — disse ele, aproximando-se do rosto de Tarta novamente. — Vamos. Conte até três.

Os lábios vacilantes do garoto tentaram pronunciar o primeiro número, o corpo ainda chacoalhando de medo:

— Um.

— Ótimo!

Tarta olhou para o chão, como se buscasse ali algum resquício de dignidade. Seus lábios tentaram de novo, então forçou mais uma sílaba:

— Dois.

— Excelente! — exclamou Vidal. — Mais um e você está livre.

A boca de Tarta se contraiu diante do esforço de falar com clareza, tentando pronunciar palavras inteiras para o homem que poderia acabar com ele. Mas dessa vez a língua de Tarta não obedeceu. Tudo que conseguiu foi um "t-t" gaguejado, o som do tremor de algo se quebrando. Olhou para o Demônio, os olhos implorando por misericórdia.

— Que vergonha — disse Vidal, um tom de compaixão coroando sua atuação.

Em seguida acertou o martelo no rosto suplicante.

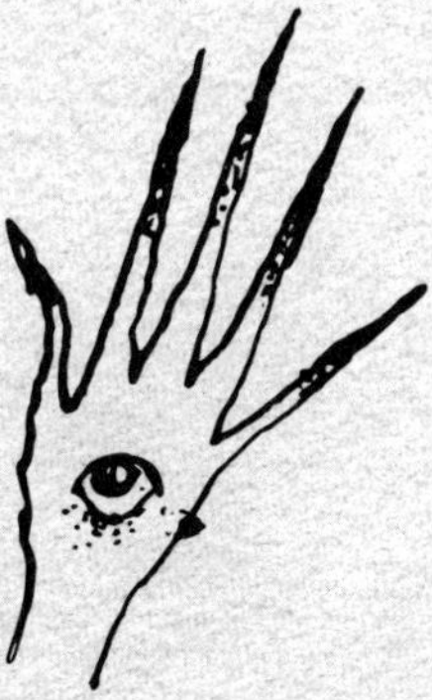

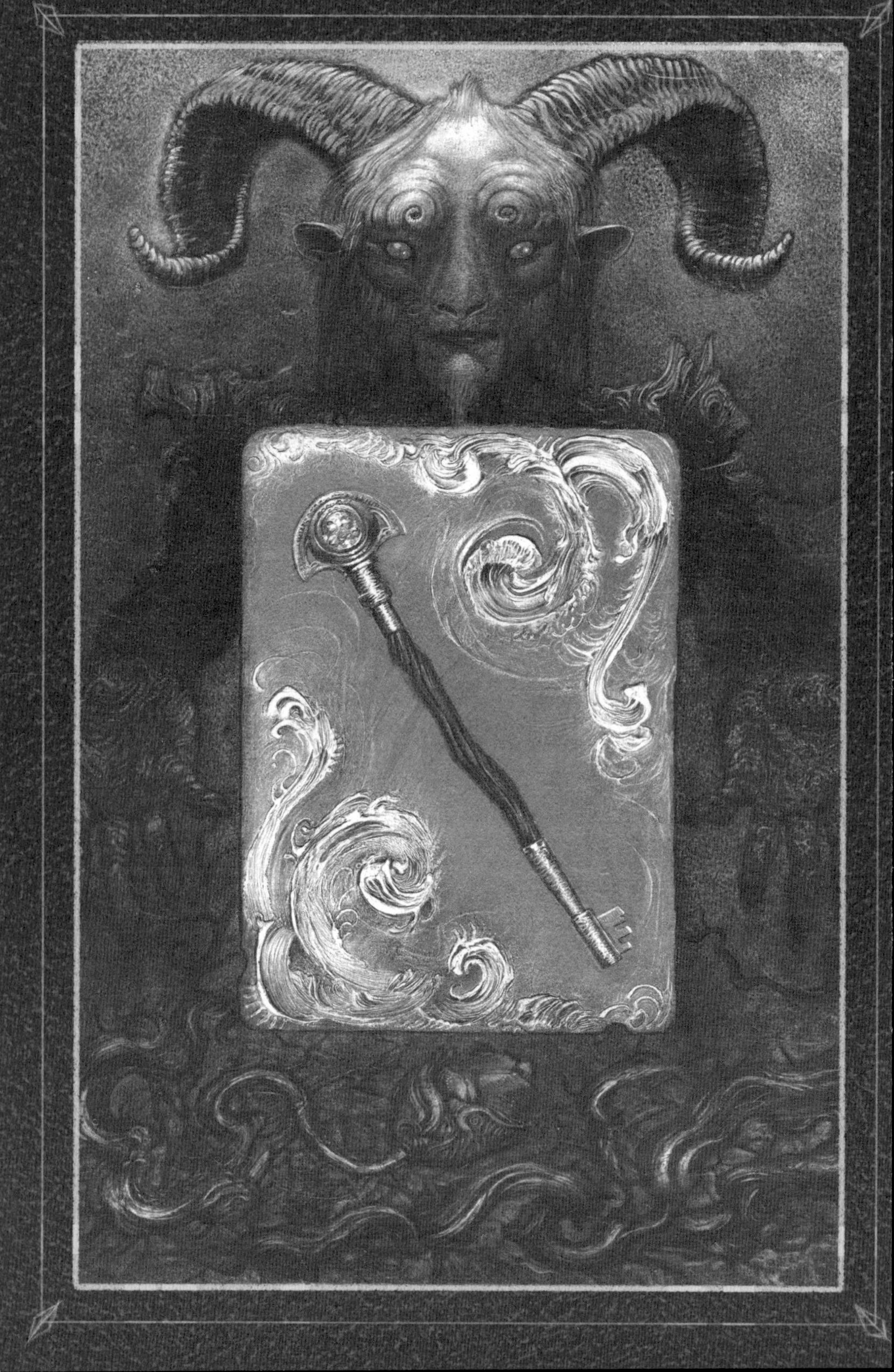

o encadernador

Era uma vez um encadernador chamado Aldus Caraméz. Como era um grande mestre dessa arte, a rainha do Reino Subterrâneo lhe confiou a tarefa de encadernar todos os livros da sua famosa biblioteca de cristal. Caraméz dedicou a vida toda aos livros, pois ainda era muito jovem — um menino — quando a rainha lhe pedira que encadernasse o primeiro, um exemplar que continha desenhos da mãe dela.

O encadernador ainda se lembrava da tremedeira que sentira nas mãos enquanto espalhava os desenhos delicados de fadas, ogros e anões em sua mesa de trabalho; de sapos (a mãe da rainha tinha um carinho especial por eles), de libélulas e mariposas aninhadas nas raízes das árvores que cobriam o teto do palácio feito cortinas de renda oxigenada. Para a encadernação, Caraméz escolhera a pele de um lagarto sem olhos, cujas escamas refletiam a luz das velas com exuberância semelhante à da prata. Esses lagartos eram criaturas ferozes, mas os caçadores do rei conseguiam matar alguns de tempos em tempos, quando os répteis tentavam transformar os pavões da rainha em presas, e Caraméz sempre pedia a pele dos animais para usar em seus trabalhos, imaginando que lhes daria olhos ao transformá-los em livros — uma ideia ingênua, mas que lhe agradava.

A rainha gostava tanto da peça que o deixava na mesinha de cabeceira, junto de um exemplar que Caraméz fizera para a filha dela, Moanna, algumas semanas antes de seu desaparecimento. O homem criara uma biblioteca completa para a princesa perdida, que contava com centenas de livros ricamente ilustrados sobre os animais do Reino Subterrâneo, suas criaturas fabulosas e algumas plantas milagrosas, as vastas paisagens subterrâneas, seus povos e governantes.

Moanna acabara de completar sete anos — sim, Caraméz se lembrava bem daqueles dias — quando lhe pediu um livro sobre o Reino Superior.

— Que histórias eles contam para as crianças de lá, Aldus? — perguntou ela. — Como é a lua? Alguém me contou que ela flutua no céu feito uma lanterna gigante. E o sol? É verdade que é uma bola grande de fogo nadando em um oceano de céu azul? E as estrelas... parecem mesmo vagalumes?

Caraméz se lembrava da dor aguda que perfurara seu coração quando a jovem princesa lhe fizera essas perguntas. Muitos anos antes, seu irmão mais velho lhe questionara as mesmas coisas e, um ano depois, desaparecera para nunca mais voltar.

Quando o encadernador dividiu suas preocupações com a rainha, ela lhe disse:

— Faça o livro que ela lhe pediu, Caraméz. Certifique-se de que tenha tudo que ela quer saber, pois assim não tentará ver o sol e a lua com os próprios olhos.

Mas o rei não concordou com a esposa. Proibiu Caraméz de atender ao desejo de sua filha, e a rainha optou por não contrariá-lo, admitindo que o pedido da menina também a incomodava.

Porém, a princesa Moanna continuava fazendo perguntas.

— Quem lhe contou sobre o Reino Superior, princesa? — perguntou Caraméz na segunda vez em que ela visitou seu ateliê, implorando que ele fizesse pelo menos um livrinho sobre os pássaros do Reino Superior.

Moanna nunca tinha visto um pássaro. Os morcegos eram o único tipo de criatura alada no Reino Subterrâneo. E as fadas.

A princesa respondeu à pergunta de Caraméz entregando-lhe um livro. Claro! Da biblioteca dos pais dela! Bibliotecas não guardam segredos, revelam. O livro que Moanna mostrou para o encadernador continha relatos dos ancestrais de sua mãe, que haviam viajado muitas vezes para o Reino Superior.

— Fique com o livro — disse Moanna quando viu Caraméz escondê-lo atrás das costas. — Não preciso dele. Posso só ouvir as raízes das árvores. Elas sabem tudo sobre o Reino Superior!

Foi a última vez que o encadernador conversou com a princesa. Caraméz ainda se lembrava da voz da menina, embora às vezes não se lembrasse do rosto. De vez em quando, fazia um livro para Moanna com todas as histórias que as fadas lhe contavam ou com as histórias que as peles dos lagartos sem olhos lhe sussurravam.

Talvez o Fauno soubesse da existência desses livros. Ele não costumava visitar o ateliê de Caraméz. Não acreditava nos livros. Era muito mais velho que o manuscrito mais antigo da biblioteca da rainha e podia afirmar com propriedade que sabia bem mais sobre o mundo do que todas aquelas páginas amareladas. Mas um dia ele apareceu na porta do ateliê do encadernador, que sentia um pouco de medo do Fauno. Nunca tinha certeza de que podia confiar naqueles olhos azul-claros. Na verdade, não ficaria surpreso de saber que Faunos comem encadernadores de livros.

— Preciso que você faça um livro para mim, Caraméz — pediu o Fauno, com suavidade.

Sua voz podia ser suave como veludo ou afiada como os dentes de um lagarto.

— Que tipo de livro, honrado senhor? — perguntou Caraméz, fazendo uma reverência respeitosa.

— Um livro que contenha tudo que sei, mas que só revele o que lhe peça para revelar.

Caraméz não tinha certeza de que gostava da ideia.

— Esse livro vai ajudar a princesa Moanna a encontrar o caminho de volta — acrescentou o Fauno.

Claro. Ele sabia o quanto Caraméz gostava da princesa perdida. O Fauno sabia de tudo.

— Vou fazer o meu melhor — respondeu o encadernador.

O Fauno assentiu com sua cabeça chifruda, como se fosse a resposta que esperava, e entregou-lhe um maço de folhas.

Caraméz olhou-as com surpresa.

— Mas essas folhas estão em branco! — disse ele.

— Não estão, não — retrucou o Fauno, com um sorriso misterioso. — Esse papel foi feito com as roupas que a princesa Moanna deixou para trás, e essa cola contém tudo o que sei sobre o Reino Superior. — Ele ergueu a mão em garra e pinçou no ar rarefeito um pedaço de couro marrom. — Este couro — continuou — é da pele de uma fera que só se alimentava da verdade e de homens destemidos. Quero que o utilize na capa. Assim, toda vez que a princesa tocá-la, vai se encher de coragem.

Caraméz abriu o pedaço de couro em sua mesa de trabalho e friccionou as folhas vazias com os dedos. Ambos os materiais eram da melhor qualidade. Dariam um belo livro, embora os papéis ainda lhe parecessem em branco.

— Comece imediatamente — ordenou o Fauno. — Acabei de saber que posso precisar dele muito em breve.

Caraméz obedeceu e deu início ao trabalho na mesma hora. Porém acrescentou um ingrediente sem contar ao Fauno: misturou as próprias lágrimas na cola da encadernação, pois sabia que a princesa não precisaria só de coragem e sabedoria para encontrar o caminho de volta, mas também de amor.

~XXVI~
apenas duas uvas

Dessa vez, Ofélia fora acordada por uma risada, uma risada suave e rouca ecoando pela escuridão que inundava seu quarto como um leite enegrecido.

— Vejo que sua mãe está bem melhor, Vossa Alteza — disse o Fauno, que parecia muito satisfeito consigo mesmo. — Você deve estar aliviada!

Ele parecia ainda mais jovem, embora suas patas de cabra rangessem a cada passo que dava em direção à cama de Ofélia. Apesar das rugas ancestrais que cobriam a testa e as bochechas, sua pele era tão macia que refletia a luz da lua já quase cheia.

— Estou, sim, muito obrigada — respondeu Ofélia, lançando um olhar apreensivo para a bolsa do Fauno embaixo da coberta. — As coisas não deram muito certo. Quer dizer, algumas coisas.

— Como não? — retrucou o Fauno, seus olhos azuis felinos cheios de surpresa.

Ofélia tinha certeza de que ele já sabia. Ela passou a acreditar que o Fauno sabia de tudo sobre este mundo e o outro.

— Eu... Aconteceu um acidente — sussurrou ela, entregando-lhe a bolsa.

A Fada sobrevivente estava tagarelando lá dentro. A menina não se atreveu a deixá-la sair, com medo de que também se machucasse.

— Um *acidente*? — repetiu o Fauno, com uma incredulidade velada.

Abriu a bolsa e rosnou. A Fada voou e pousou no ombro dele. Quanto mais coisas a criaturinha lhe contava, mais ameaçador o rosto do Fauno ficava, até que ele enfim botou os caninos afiados para fora e gemeu de raiva.

— Você quebrou as regras! — rugiu ele, apontando uma garra para Ofélia.

— Mas foram só duas uvas! — gritou ela, tirando o punhal envolto em veludo vermelho de debaixo do travesseiro. — Achei que ninguém fosse perceber!

O Fauno arrancou o punhal da mão dela e balançou a cabeça com raiva:

— Cometemos um erro!

— Um erro? — disse Ofélia, mal conseguindo ouvir a própria voz.

— Você fracassou! — rosnou o Fauno, avançando para cima dela. — Nunca mais pode voltar!

Ofélia sentiu como se a noite abrisse a boca e a engolisse por inteiro.

— Mas foi um acidente!

— Não! — rosnou o Fauno novamente, os olhos estreitos de raiva e desprezo. — Não-pode-mais-voltar! Nunca mais! — completou.

E cada palavra atingiu Ofélia como se fossem pedras. — A lua vai ficar cheia daqui a três dias! Seu espírito vai permanecer para sempre entre os humanos. — Ele inclinou o corpo, seu rosto quase tocando o da menina. — Você vai envelhecer como eles. Vai morrer como eles! E toda memória que existe sobre você — ele deu um passo para trás e levantou a mão como se fizesse uma profecia — vai desaparecer com o tempo. Quanto a nós — apontou para a Fada e para o próprio peito —, vamos desaparecer com você. Nunca mais vai nos ver!

Então seu corpo se derreteu na noite, como se a desobediência de Ofélia tivesse transformado o Fauno e a Fada em meras sombras dissolvidas à luz da lua crescente. Ofélia sentou-se na cama, preenchendo o silêncio que deixaram para trás com um choro desesperado.

~XXVII~
despedaçado

O dr. Ferreiro sabia que Vidal precisava dele no minuto em que Garcés bateu à sua porta. Por um instante, tentou fingir que não tinha ouvido coisa alguma. *O que o trouxera àquele posto avançado no inferno?*, Ferreiro se perguntava enquanto seguia Garcés sob a chuva: destino ou escolha própria? Chovera a noite toda, e o dia prometia continuar com um céu lacrimoso.

Apropriado.

Vidal estava diante do celeiro, lavando as mãos em uma tigela de água. Ferreiro não ficou surpreso ao ver sangue nos dedos dele. Sim, era exatamente o que esperava. Mais um homem despedaçado.

— Bom dia, doutor — disse Vidal, retomando sua pose viril. Às vezes o médico tinha que se conter para não rir disso, mas Vidal era um homem assustador demais para que alguém sequer ousasse cometer tamanho deslize. — Desculpe acordá-lo tão cedo — continuou, arregaçando as mangas —, mas acho que precisamos de sua ajuda.

A camisa dele estava limpa. Vidal sempre cuidava disso. Aparência é muito importante para as pessoas que raramente tiram suas máscaras, e Ferreiro nunca tinha visto Vidal sem a dele. Como devia ser quando criança? Seu olhar era tão frio como o atual? Será que tinha amigos? A máscara não revelava nada.

Enquanto seguia Garcés sob a chuva, Ferreiro tentou se preparar, imaginando o que haviam feito com o prisioneiro. Sua imaginação falhou. Quase não reconheceu o rapaz que tentava ler o jornal na caverna da floresta.

Ferreiro mal conseguiu impedir que as mãos tremessem enquanto abria a maleta. Sentia muita raiva, tristeza e uma repulsa impotente ao separar os curativos e o antisséptico para limpar as feridas que as ferramentas de Vidal tinham aberto na pele do rapaz. O prisioneiro estava sentado no chão, recostado na viga em que fora amarrado, segurando uma das mãos, se é que ainda poderia ser chamada de mão. O sangue escorria de sua boca, e um dos olhos estava tão inchado que Ferreiro não sabia se ele estava consciente.

Tarta... era assim que os outros o chamavam. Ele gemeu quando Ferreiro pegou gentilmente seu braço para examinar a mão destruída. Todos os dedos estavam amassados. E de um só restava um cotoco ensanguentado.

— Meu Deus, o que fez com ele? — perguntou Ferreiro, incapaz de conter as palavras, embora soubesse que não era um comentário sensato a se fazer.

Mas o que vira transformara o bom senso em loucura, uma distração inútil perante a crueldade dos homens.

— O que fizemos com ele? Nada de mais — disse Vidal, com uma pitada de orgulho na voz. — Mas as coisas estão melhorando.

Vidal se aproximou da maleta de Ferreiro e achou um frasco idêntico ao que encontrara na fogueira dos rebeldes na floresta. Ajoelhado perto do rapaz, Ferreiro não percebeu. Tudo o que via era o rosto inchado de Tarta e o único olho aberto anuviado de medo e dor observando-o.

— Foi bom ter você por perto, doutor — disse Vidal atrás de Ferreiro. — Tem lá suas vantagens.

Ferreiro estava ocupado demais para perceber o tom de zombaria de Vidal. Tarta estava com quatro costelas quebradas, provavelmente a chutes. O médico ouviu Vidal ordenar que Garcés voltasse para casa com ele.

Ótimo! Saiam!, pensou Ferreiro quando o deixaram sozinho com o rapaz destroçado. *Antes que eu chame você pelo que realmente é. Se é que existe um nome para isso.*

— Eu falei — murmurou Tarta. — Não muito, mas fa-falei.

O olho visível do rapaz implorava por perdão, o que deixou o coração de Ferreiro em farrapos. A mais pura treva.

— Sinto muito, meu jovem — sussurrou Ferreiro. — Sinto muito mesmo.

Os lábios cobertos de sangue tentaram mais uma vez formar palavras. A tortura não facilitara nada, mas as letras finalmente fizeram sentido:

— Me mate! — implorou o rapaz. — Me mate agora. Por favor.

Aquilo era pesado demais.

~XXVIII~
magia não existe

Vidal guardara na gaveta de sua mesa os frascos que encontrara ao redor da fogueira na floresta. Quando chegou ao quarto para compará-los com os frascos que pegara da maleta do dr. Ferreiro, não ficou surpreso ao ver que eram idênticos.

— Desgraçado! — sussurrou.

Havia se deixado enganar pela doçura no rosto daquele médico bondoso. Outro erro. Mas esse ele ia corrigi-lo.

Ferreiro ainda estava com Tarta quando Vidal guardou os frascos de volta na gaveta.

O médico estava ajoelhado ao lado do garoto ensanguentado sem saber que sua traição fora descoberta. O líquido com que encheu a seringa era tão dourado quanto a chave que Ofélia resgatara do Sapo. Tarta fechara um dos olhos, o que Vidal deixara intacto, mas estava de boca aberta. Cada respiração era um ato de coragem, pois causava muita dor, e quando Ferreiro hesitou antes de enfiar a agulha, Tarta puxou o braço dele com a mão que não estava esfacelada para que a seringa perfurasse sua pele. Ergueu a cabeça para lançar um último olhar, o agradecimento silencioso de um rapaz cujo destino fora amaldiçoado por uma língua que não lhe obedecia. E que, no fim, o tornou um traidor dos únicos amigos que tivera.

— Isso vai aliviar a dor, você vai ver — disse o médico, falando com o rapaz como se ele fosse um paciente normal a quem Ferreiro levava um pouco de conforto. Os olhos de Tarta se fecharam novamente, o sangue escorrendo do rosto e caindo em seu cabelo preto. — Isso, já está quase acabando — acrescentou, com suavidade.

Dissera essa frase para si mesmo. A morte já havia jogado seu manto de misericórdia nos ombros de Tarta.

Vidal não entendia homens como Ferreiro. Não tinha dúvidas de que alguém que ajudava os rebeldes certamente mataria seu filho ainda não nascido.

Ofélia estava debaixo da cama da mãe verificando o estado da mandrágora quando Vidal subiu a escada às pressas para conferir se o filho ainda estava vivo. Seus passos rápidos inundaram o moinho com o eco do medo que sentia, mas Ofélia não ouviu. Estava muito preocupada com a planta. A raiz não estava mais se mexendo, embora a menina tivesse lhe dado mais leite fresco e algumas gotinhas de sangue.

— Você está passando mal?

Ofélia estava inclinada sobre a tigela quando de repente sentiu mãos puxando suas pernas. Mãos enluvadas. O Lobo a puxou pelos tornozelos com tanta força que Ofélia se viu indefesa, deslizando debaixo da cama.

— O que está fazendo aí? — perguntou o homem.

Vidal a levantou com um puxão e a sacudiu com tanta brutalidade que Ofélia sentiu o gosto do ódio envenenando sua boca.

Claro que ele encontrou a tigela. Cheirou o leite azedo e encolheu-se de nojo.

— Que diabo é isso?

Ofélia balançou a cabeça. Ele não entenderia.

A menina gritou quando ele pegou a mandrágora e arrancou a raiz da tigela, então a ergueu bem no alto, longe do alcance, o leite escorrendo pelos braços, enquanto segurava Ofélia com a outra mão.

Os gritos dela acordaram a mãe.

— O que você está fazendo? Ernesto, largue ela — disse a mãe, enfraquecida, puxando os cobertores. — Deixe ela em paz, por favor!

O Lobo colocou a mandrágora gotejante diante do rosto da esposa.

— Olhe isso! — exclamou ele, e o leite respingou na camisola de Carmem quando ele colocou a raiz nas mãos da mulher. — O que acha disso? Hein? Ela estava escondendo embaixo da sua cama!

Ofélia não suportava olhar para a mãe. Estava pálida de desgosto.

— Ofélia?! — disse ela, seu olhar suplicando por uma explicação. — O que essa coisa estava fazendo embaixo da minha cama?

O Lobo foi até a porta, os passos firmes de raiva.

— É uma raiz mágica! — explicou Ofélia, chorando. — O Fauno me deu.

— São essas porcarias que você deixa sua filha ler.

O Lobo estava em pé na porta, mas Ofélia ainda sentia o ferrão de suas garras no braço.

— Por favor, nos deixe sozinhas! Vou conversar com ela, *mi amor!*

Ofélia detestava a ternura na voz da mãe e a vontade que tinha de agradar um homem que mal olhava para ela.

Crianças percebem essas coisas, pois só podem observar e se proteger das tormentas que os adultos criam. Das tormentas e dos invernos.

— Como quiser — disse Vidal, lembrando-se de que tinha assuntos mais importantes para tratar do que uma viúva solitária e sua filha mimada.

As coisas mudariam quando o filho dele nascesse.

Ofélia tremia quando ele finalmente as deixou a sós. Quanta raiva... Primeiro do Fauno e agora do Lobo. Ela não sabia quem a assustava mais.

— Ele me disse que você ia melhorar! — gritou ela. — E melhorou!

— Ofélia! — disse a mãe, largando a mandrágora na cama e acariciando o rosto da menina. — Você tem que ouvir seu pai! E parar com essas coisas!

Pai. Ah, não era difícil odiá-la por se referir a ele como pai e por ser fraca demais para protegê-la. Ofélia abraçou a mãe e apoiou o rosto no ombro dela. A camisola dela tinha o cheiro do lugar que um dia chamaram de lar, onde Ofélia se sentira segura e feliz.

— Me leve embora daqui, por favor! — implorou a menina. — Vamos embora, mãe! Por favor!

Mas ela disse as palavras erradas. A mãe se desvencilhou do seu abraço.

— As coisas não são tão simples assim, Ofélia — retrucou ela, sem qualquer ternura na voz impaciente. — Você está crescendo e logo vai ver que a vida não é um conto de fadas. — Ela pegou a mandrágora e foi até a lareira, dando passos dolorosos e lentos. — O mundo é cruel, Ofélia. Você precisa aprender isso, por mais que doa.

Então jogou a planta no fogo.

— Não! — disse Ofélia, tentando resgatar a raiz retorcida, mas a mãe a segurou pelos ombros.

— Ofélia, magia não existe! — afirmou Carmen, com a voz rouca de cansaço e raiva por todos os sonhos que nunca conseguiu realizar. — Nem para você, nem para mim, nem para ninguém!

Um grunhido estridente veio do fogo. Era a mandrágora ardendo em chamas, contorcendo-se de dor, gritando feito um recém-nascido enquanto as chamas engoliam seus membros pálidos.

Carmem encarou o fogo, e, por um instante, Ofélia podia jurar que a mãe estava vendo a magia com os próprios olhos, ouvindo os gritos e observando a raiz se contorcendo...

Mas em seguida Carmem engasgou e apoiou-se na cama. Suas pernas sucumbiram, e ela caiu no chão, os olhos arregalados de pânico e incredulidade, enquanto a mandrágora continuava grunhindo em meio às chamas.

Sangue. Sangue escorria das pernas de Carmem e manchava sua pele, a camisola, o assoalho.

— *Mamá!* — disse Ofélia, ajoelhando-se ao seu lado. — Socorro! — gritou ela. — Socorro!

No andar de baixo, na cozinha, as empregadas largaram as facas. Todas estavam preocupadas com a mãe de Ofélia e o bebê. O médico ia ajudar. Leram o mesmo pensamento no rosto das outras.

Mas o dr. Ferreiro estava no celeiro, ajoelhado aos pés de um rapaz morto e com uma seringa vazia nas mãos.

~XXIX~
um tipo diferente de homem

Ferreiro se levantou quando ouviu passos se aproximando na chuva. Garcés foi o primeiro a entrar no celeiro, o valentão magricela e casca-grossa que mantinha a dor dos outros a uma distância segura do próprio coração. Ele encarou o rapaz torturado, cujo rosto desfigurado estava calmo e na santa paz da morte, enquanto os outros soldados se reuniam nas portas do celeiro, se protegendo com guarda-chuvas, domando o objeto que contrastava com o uniforme deles.

Vidal foi o último a chegar. Ele se ajoelhou ao lado de Tarta para examinar o cadáver enquanto o dr. Ferreiro guardava a seringa na maleta e a fechava com a calma de um homem que cumprira seu dever.

— Por que você fez isso? — perguntou Vidal, já de pé.

— Era tudo que eu podia fazer.

— Como assim? — disse Vidal, com um toque de surpresa. Surpresa e curiosidade... — Você poderia ter me obedecido!

Ele se aproximou lentamente de Ferreiro, feito um predador espreitando a presa, e parou diante dele. Não era fácil encarar Vidal de frente. Mas há muitos tipos de coragem. Ferreiro tivera medo daquele homem por tanto tempo — testemunhara sua carnificina, curara as feridas abertas por sua devastação — que se sentiu aliviado por não ter mais que fingir estar ao seu lado.

— Sim, é verdade, eu poderia ter lhe obedecido — disse ele, calmamente. — Mas não fiz isso.

Vidal escrutinou Ferreiro como se ele fosse um animal desconhecido.

— Teria sido melhor para você. Sabe disso. Por que não me obedeceu?

Havia uma insinuação de medo em sua voz e no modo como comprimiu os lábios. Em seu reino de trevas todas as pessoas que sentiam medo davam-se por vencidas, e por que não aquele homem de óculos que mal conseguia lhe dirigir a palavra?

— Obedecer — começou Ferreiro, escolhendo as palavras com cautela —, simples assim, obedecer sem questionar... é o tipo de coisa que só pessoas como você fazem, *capitán*.

Ele se virou para pegar a maleta e saiu na chuva. Claro que sabia o que ia acontecer, mas por que não aproveitar o momento em que estava finalmente livre do medo? Sentiu a chuva fria no rosto enquanto se afastava do celeiro. Passos preciosos, livres; ele estava em paz consigo mesmo.

Olhou para trás, por cima dos ombros, no instante em que Vidal saiu do celeiro com passos determinados de caçador. Ferreiro não se virou ou parou quando Vidal sacou a pistola. Continuou andando. Quando a primeira bala o acertou nas costas, ele tirou os óculos e esfregou os olhos, embora soubesse que a névoa que via era o sopro da Morte. Mais dois passos.

Então suas pernas fraquejaram, havia lama por todo lado e a chuva já estava passando. Ferreiro ouviu a própria respiração. Estava com frio. Muito frio. Nenhuma lembrança lhe veio à mente, nenhuma palavra tranquilizadora. Por alguma razão inexplicável, a única coisa que viu foi uma aranha escondida entre as pedras de uma parede a poucos metros de distância. O animalzinho saltou aos seus olhos como um milagre: viu cada articulação, cada folículo capilar e cada solavanco da quitina em seu exoesqueleto. A arquitetura da aranha, sua graça, beleza e avidez, tudo parecia uma coisa só: a última coisa viva. Ferreiro inspirou e engoliu água barrenta da chuva. Tentou tossir e cuspi-la, mas nesse segundo seu coração parou.

Um único tiro.

Vidal se aproximou do corpo no chão e esmagou com a bota os óculos de Ferreiro. Ele ainda não entendia por que o idiota não lhe obedecera, mas estava estranhamente aliviado com a morte daquele médico bondoso e por nunca mais ter que olhar para seus olhos delicados e pensativos.

— *Capitán!*

Duas empregadas estavam na porta do celeiro, pálidas de preocupação. Vidal guardou a pistola no coldre. Mal conseguia entender o que diziam. Sua esposa não estava bem, foi o que finalmente captou daquele relato assustado, e seu filho estava nascendo, enquanto o médico que supostamente ajudaria no parto jazia morto na lama, logo atrás dele.

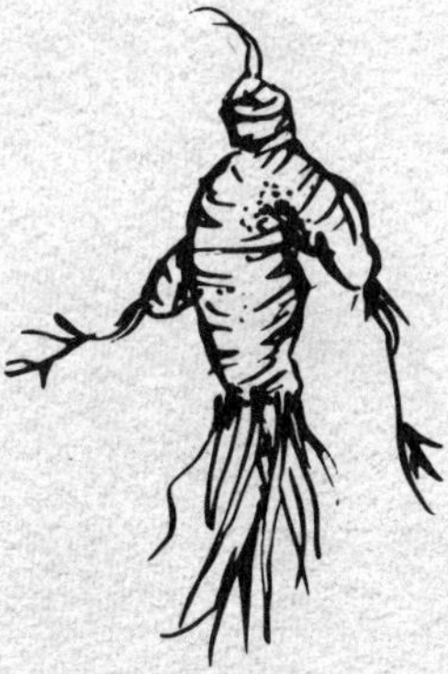

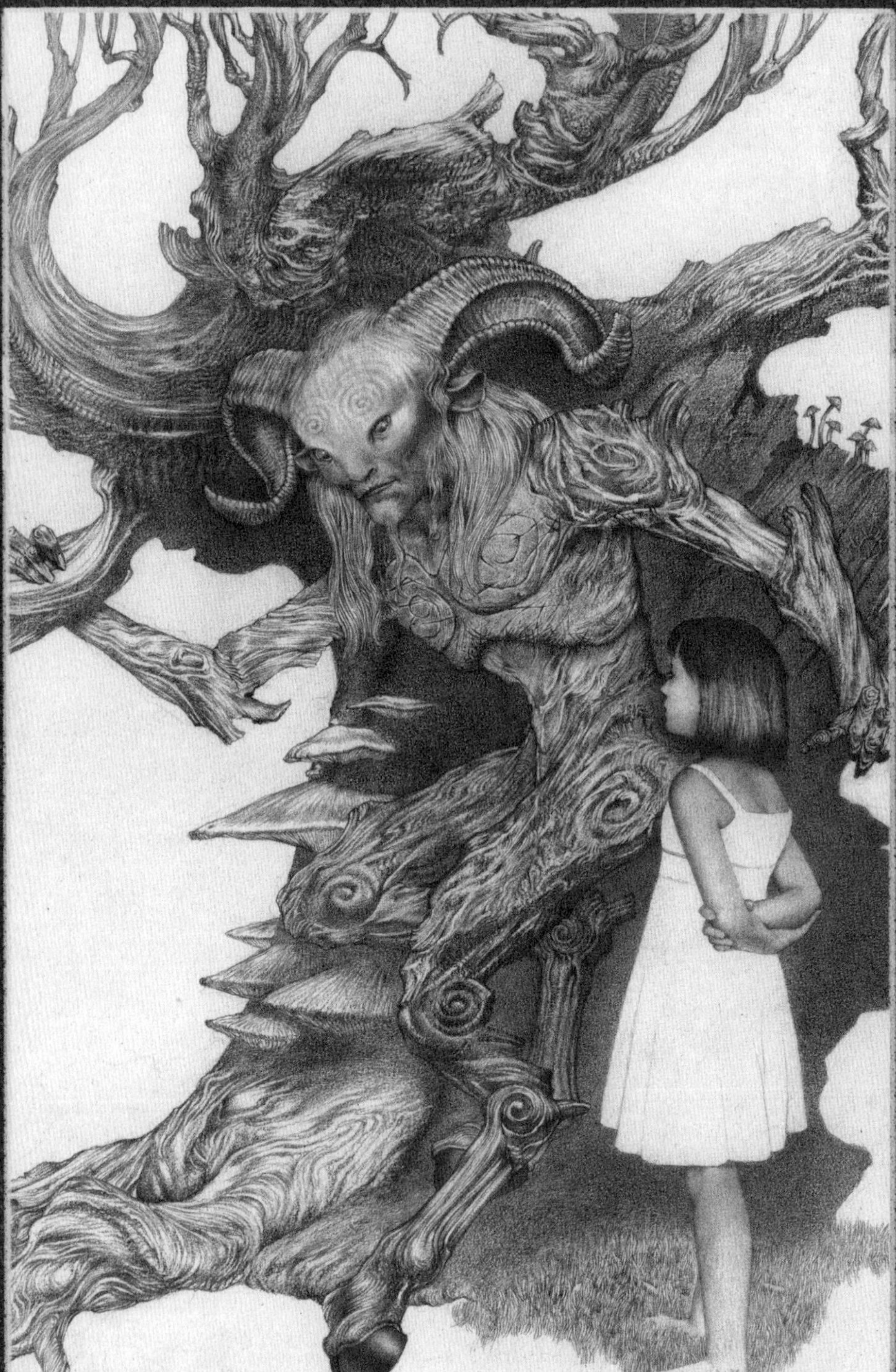

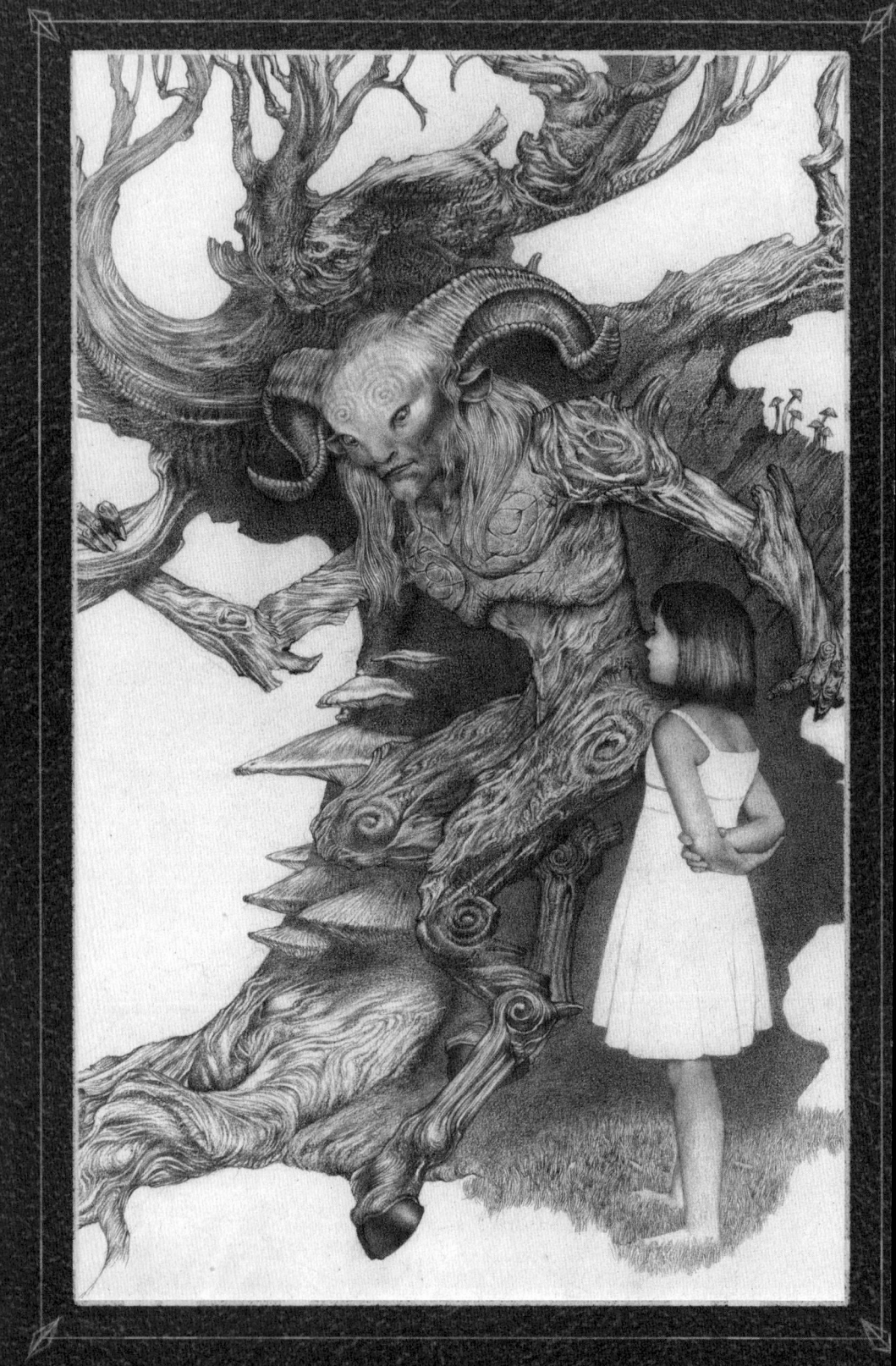

quando o fauno se apaixonou

Há uma floresta tão antiga na Galícia que algumas árvores ainda se lembram da época em que os animais tinham forma humana e os homens exibiam asas e pelos. Alguns deles, como cochichavam as árvores, até viraram carvalhos, faias e louros, e fincaram suas raízes tão profundamente no solo que se esqueceram dos próprios nomes. Há uma figueira cuja história é contada com gosto pelos outros homens quando o vento faz suas folhas murmurarem. Fica em uma colina no coração da floresta. Pode ser facilmente identificada, pois os dois galhos principais se dobram feito os chifres de uma cabra, o tronco é cindido, dando a impressão de que a árvore dera à luz algo que crescia sob a casca.

Sim!, sussurra a floresta. *É por isso que o tronco é aberto, como uma ferida. Essa árvore deu à luz, pois já foi uma mulher que dançava e cantava sob o meu dossel. Ela comia meus frutos e enfeitava o cabelo com as minhas flores. Mas um dia conheceu um Fauno que gostava de tocar flauta a meus pés sob o luar. Ele moldara sua flauta de acordo com os ossos do dedo de um ogro e entoava a melodia de seu reino subterrâneo; tão diferente da luz que a mulher tinha dentro de si.*

Tudo isso é verdade, e mesmo assim ela se apaixonou pelo Fauno; um amor tão profundo e inescapável quanto um poço, e o Fauno se apaixonou por ela também. Entretanto, quando finalmente a convidou para ir com ele ao seu mundo subterrâneo, ela hesitou diante da ideia de passar o resto da vida sem ver as estrelas ou sentir o vento a acariciando. Então ela decidiu ficar e observá-lo partir. Mas o amor que sentia lhe deixara tanta saudade que os pés criaram raízes para seguir seu amado pelo subterrâneo, enquanto os braços tocavam o céu e as estrelas que preferira a ele.

Ah, quanto sofrimento. Sua pele macia se transformou em casca. Seus suspiros viraram o murmúrio do vento por entre milhares de folhas e, quando o Fauno voltou, numa noite de lua cheia, para tocar flauta para ela, tudo o que encontrou foi uma árvore sussurrando seu nome, que ele nunca contara a ninguém além dela.

O Fauno se sentou entre as raízes da árvore e sentiu as lágrimas escorrerem como orvalho pelo rosto. Os galhos sobre os quais se sentara o cobriram de flores, mas sua amada não conseguia mais abraçá-lo ou beijar seus lábios. Ele sentiu tanta dor em seu coração selvagem e destemido que, quando acariciou a árvore, sua pele — uma vez coberta de pelo sedoso — tornou-se tão áspera e amadeirada quanto a casca de seu amor perdido.

O Fauno ficou sentado sob a árvore a noite inteira, até o sol nascer e expulsá-lo. A luz brilhante da manhã nunca o fizera bem, e quando ele retornou ao útero escuro da terra, os galhos da árvore se curvaram tanto de tristeza que lembraram a cabeça chifruda de seu amado.

Oito meses depois, numa noite de lua cheia, o tronco da árvore se partiu com um gemido suave, e uma criança saiu lá de dentro. Era um menino agraciado com a beleza da mãe, mas os chifres, o cabelo esverdeado e os cascos nas patas compridas eram do pai. Ele se empinou e dançou colina abaixo como um dia a mãe dançara sob as árvores, e construiu uma flauta com ossos de pássaro para entoar pela floresta uma canção sobre amor e perda.

Lá no subterrâneo, enquanto instruía uma princesa sobre as tarefas relacionadas à corte dos pais dela, o Fauno ouviu o som da flauta. Ele pediu licença e correu por passagens secretas que só ele conhecia e levavam para o Reino Superior. Mas quando chegou lá, não escutou mais o som da flauta. Tudo que encontrou foi uma trilha de patinhas no musgo da floresta, lavada pela chuva depois de alguns passos de dança.

~XXX~
não a faça sofrer

A mãe de Ofélia gritava. A menina estava no banco que a empregada colocara do lado de fora do quarto e ouvia tudo que acontecia lá dentro. O Lobo estava sentado a seu lado, a um braço de distância, olhando fixamente para a balaustrada de madeira de onde Ofélia espionava as empregadas no andar de baixo. Será que ele também sentia vontade de se jogar dali toda vez que a mãe dela dava um grito de tormento?, pensou Ofélia. Para estilhaçar seu coração pesaroso no piso de pedras e encontrar alívio para tanto medo e dor? Mas a vida é ainda mais forte que a Morte, então Ofélia ficou sentada no banco ao lado do Lobo que atraíra sua mãe até aquela casa para gritar e sangrar.

Ofélia tinha certeza de que tudo estaria bem se a mãe não houvesse jogado a mandrágora no fogo. Ou se a menina a tivesse escondido direito. E se ela tivesse resistido às uvas do Homem Pálido...

Outro grito.

Desejava que o irmão morresse por fazer a mãe sofrer tanto? Não sabia dizer. Não tinha mais certeza de nada. Seu coração estava anestesiado de tanto sofrimento e pavor. Será que seu irmão fazia a mãe gritar porque era tão cruel quanto o pai? Não. Ele provavelmente não podia fazer nada. Além do mais, ninguém perguntara se queria nascer. Talvez fosse mais feliz onde estava. Talvez fosse do mesmo mundo de onde ela viera, segundo o Fauno. Nesse caso, teria que avisar ao irmão como era difícil voltar para lá.

Uma das empregadas passou correndo com um jarro d'água.

Vidal a seguiu com os olhos.

O filho dele. Ia perder o filho. Ele não se importava com a mulher gritando no quarto. A esposa do alfaiate... Escolhas erradas a vida inteira. Ele já deveria saber que ela era fraca demais para manter seu filho em segurança. E ele precisava daquele filho.

No quarto, Mercedes lutava contra a Morte. Acompanhada de um médico e de outras empregadas.

Tudo estava ensanguentado: os lençóis da cama, as mãos do médico acostumado aos gritos de soldados feridos, mas não à dor causada pelo nascimento de uma nova vida no mundo, e a camisola branca que o pai de Ofélia costurara para Carmen.

Mercedes se afastou da cama.

Sangue... sangue por todo lado. Àquela altura já sabia que Ferreiro estava deitado na lama, seu sangue misturando-se à chuva; e também de Tarta, cujo sangue manchara a palha no chão do celeiro. Mercedes fechou a porta do quarto mesmo sabendo que a menina ouvia os gritos do outro lado. Que peninha dela. A dor da criança a abalava mais que a da mãe.

Outro grito.

Ofélia sentiu como se despedaçassem seu coração. Outra empregada passou correndo com uma trouxa de linho ensanguentada. Em seguida... os gritos e gemidos foram enfraquecendo... esmaecendo... e pararam.

Um silêncio terrível atravessou a parede e inundou o corredor.

Então a voz estridente de um bebê interrompeu o silêncio.

O médico saiu do quarto, o avental e as mãos cobertas de sangue. O Lobo se levantou.

— Sua esposa está morta.

O médico baixou o tom de voz, mas Ofélia ouviu tudo.

O mundo era tão duro e desconfortável quanto o banco onde estava sentada, tão árido quanto as paredes caiadas ao redor dela. A menina sentiu as lágrimas escorrerem pelo rosto como chuva fria. Até então não entendera o significado de estar sozinha, profunda e completamente sozinha.

Ofélia se levantou e caminhou devagar pelas tábuas do assoalho, havia tempos desgastadas pelos passos das pessoas, indo ao quarto da mãe onde o bebê chorava. Seus gritos pareciam os grunhidos da mandrágora. Idênticos. Talvez existisse magia, afinal de contas. Por um momento, Ofélia achou que o irmão chamava seu nome, até que viu o rosto inexpressivo da mãe. Os olhos sem brilho, tão opacos quanto um espelho antigo.

Não, não havia magia no mundo.

Carmen foi enterrada no dia seguinte, atrás do moinho. Era uma manhã sem cor, e, ao lado da cova, Ofélia sentia como se sempre tivesse vivido sem mãe. Ou como se talvez sua mãe tivesse sumido na floresta. A menina não conseguia imaginá-la naquele caixão liso, rapidamente construído com tábuas de madeiras pelo carpinteiro de um vilarejo vizinho intimado pelo Lobo.

O padre era um homem baixinho e velho. Parecia que a Morte o levaria em seguida.

— *Porque a essência da Sua misericórdia está em Suas palavras e em Seu mistério...*

Ofélia ouviu as palavras, mas não fizeram sentido. Estava sozinha, totalmente sozinha, embora Mercedes estivesse atrás dela e tivesse ganhado um irmão. O Lobo segurava o bebê nos braços. Dar um filho para ele... sua mãe só servira para isso.

O padre continuou sua ladainha, e Ofélia olhou para o buraco cavado pelos soldados no solo lamacento. Talvez esse sempre tenha sido o motivo que trouxera Ofélia e a mãe ao moinho: achar a cova e encontrar a Morte mais uma vez. Não havia como escapar dela. A Morte mandava em tudo ali. Quando a mãe descobriu isso, não lhe passou pela cabeça ir embora?, pensou Ofélia.

— *Porque Deus nos manda uma mensagem e é nosso dever decifrá-la.*

As palavras do padre soavam mais como um julgamento, assim como as palavras que o Fauno gritara para ela em um momento de raiva. Sim, sua mãe também fora julgada. Ofélia não conseguia afastar esse pensamento enquanto observava o irmão dormindo nos braços do pai. Não queria olhar para eles. Haviam matado sua mãe.

— *O túmulo abriga uma casca oca e inconsciente. Mas sua alma já vaga distante, em sua graça infinita...*

Ofélia não queria que a alma da mãe vagasse para longe. Mas quando voltou para o quarto, não a encontrou lá. Longe, bem longe...

Alguns de seus livros de contos de fadas ainda estavam na mesinha de cabeceira como se nada tivesse acontecido ou como se sua mãe ainda estivesse viva.

Porque é na dor... a voz do padre ainda ressoava em sua cabeça... *que encontramos o sentido da vida e reencontramos o estado de graça que perdemos ao nascer.* O frasco com as gotinhas que o dr. Ferreiro dera a sua mãe para ajudá-la a dormir também estava na mesa de cabeceira. Ofélia o ergueu contra a luz, deixando o líquido âmbar captar o raiar do dia.

Deus, em Sua vasta sabedoria, nos dá a solução.

Ofélia colocou o frasco na mala que Mercedes arrumara com a pequena quantidade de roupas da mãe, depois pegou os livros. Havia outra mala na mesa onde a mãe costumava tomar chá, e recostada à janela estava a cadeira de rodas.

Porque é na ausência física Dele que o lugar que Ele ocupa em nossas almas se reafirma.

Enquanto Ofélia olhava para a cadeira vazia, dois corvos passaram voando pela janela, tão belos e livres. Aonde sua mãe tinha ido? Estava com seu pai? Será que ele a perdoaria por dar à luz o filho de outro homem?

Ofélia deu as costas para a janela.

Não. Não existia Deus. Não existia magia.

Só existia a Morte.

~XXXI~
o gato e o rato

A noite chegou envolta pelo que restara do dia, com roupas pretas de funeral. Mercedes estava no quarto de Vidal, segurando o bebê, o bebê sem mãe, desejando que o menino também perdesse o pai, que nunca conhecesse o homem sentado à mesa, incólume e indiferente à morte da esposa. Mercedes nunca conhecera o próprio pai, mas, ao observar Vidal, considerava-se sortuda. Que tipo de homem seu filho se tornaria ao crescer num ambiente tão tenebroso?

Com delicadeza, ela colocou o bebê de volta no berço e o cobriu. O pai dele segurava um dos discos que costumava ouvir durante o dia inteiro, inclusive noite adentro. Mercedes ouvia a música até em seus sonhos. Suas mãos eram tão gentis com os vinis que por um segundo ela quase acreditou que ele usara outras mãos para quebrar os ossos de Tarta e atirar no médico pelas costas. Ela sentia falta de Ferreiro. O único no moinho em quem podia confiar.

—Você conhecia muito bem o dr. Ferreiro, não é, Mercedes?

Vidal limpou o disco com a manga da farda, o uniforme que Mercedes esfregara por horas a fio para remover o sangue.

Não demonstre medo, Mercedes.

— Todo mundo conhecia ele, *señor*. A vizinhança toda.

Ele a encarou. Ah, ela já conhecia seus joguinhos muito bem. *Não demonstre medo, Mercedes.*

— O gago mencionou um informante aqui, no moinho — disse ele, casualmente, como se discutisse o que iriam jantar. — Dá para acreditar? — acrescentou, tocando o braço de Mercedes ao passar por ela. — Bem debaixo do meu nariz.

Mercedes encarou os próprios pés. Não conseguia senti-los. O medo os deixou anestesiados. Vidal colocou o disco no fonógrafo.

Não olhe para ele. Ele vai perceber, ele vai saber!

O pânico obstruiu sua garganta, e por mais que ela tentasse engolir, o medo era como uma corda estrangulando seu pescoço. Logo atrás, o bebê começou a gemer baixinho, como se ainda não soubesse chorar.

— Mercedes, por favor — disse Vidal, acenando da cadeira.

Era tão difícil mexer os pés, embora ela soubesse que qualquer hesitação a entregaria. Talvez já fosse tarde demais. Talvez Tarta tivesse entregado todo mundo. Pobre Tarta, pobre menino despedaçado.

— O que você deve pensar de mim? — perguntou Vidal, enchendo o copo com o conhaque que guardava na última gaveta da mesa.

O gato brincando com o rato... Mercedes já o conhecia fazia muito tempo para ter qualquer ilusão sobre o resultado daquele jogo. O medo encheu sua garganta de cacos de vidro quando ela se sentou de lado para não encarar Vidal. E para alimentar a ilusão de que poderia dar um pulo e correr.

— Deve pensar que sou um monstro — disse ele, estendendo o copo para ela.

Sim!, ela queria gritar. *Sim! É isso mesmo que você é.* Mas seus lábios só conseguiram dizer as palavras que ele esperava ouvir:

— A opinião de alguém como eu não importa, *señor*.

Ela rapidamente pegou o copo, na esperança de que ele não reparasse que sua mão tremia. Ele se serviu de mais bebida e engoliu tudo de uma vez. Mercedes ainda não tinha tocado na sua. Como poderia beber se tinha um copo atravessado na garganta? *Ele sabe...*

— Quero que me traga mais bebida. Vá ao celeiro — disse ele, empurrando a rolha para dentro da garrafa. — Por favor.

— Sim, *señor* — respondeu Mercedes, colocando seu copo intocado na mesa. — Boa noite, *señor*.

Ela se levantou.

— Mercedes...

Pobre rato. O gato sempre dá um momento de esperança.

— Não está esquecendo nada?

— O quê, *señor*? — perguntou ela, virando-se devagar, feito uma mosca fossilizada enquanto a seiva da árvore enrijecia tudo ao redor.

Ele abriu a primeira gaveta da mesa.

— A chave — disse ele. — Esqueceu que a única cópia está comigo?

O terror endureceu seu pescoço, mas ela conseguiu assentir.

— Sim, *señor*.

Ele se levantou da cadeira e contornou a mesa, pesando a chave na mão.

— Sabe, tem outro detalhe estranho que está me incomodando. Talvez não tenha importância, mas... — disse ele, parando na frente de Mercedes. — No dia em que os rebeldes invadiram o celeiro com granadas e explosivos... a fechadura estava intacta.

Responder ao seu olhar sugou toda a sua coragem. Tudo.

— Mas, como eu disse — continuou ele, os olhos escuros como o cano da pistola com a qual atirara em Ferreiro —, talvez isso não tenha importância.

Ele apertou os dedos de Mercedes ao lhe entregar a chave, os dedos que haviam estraçalhado Tarta com um martelo.

Tome muito cuidado.

O gato não queria que o jogo terminasse ainda. Do que mais iria alertá-la? Ah, sim. Ele queria que ela corresse para atirar em suas costas, como fizera com Ferreiro. Ou caçá-la como um cervo na floresta, depois de encontrá-la atrás da moita onde se escondera.

Vidal afrouxou os dedos, os olhos ainda encarando Mercedes.

— Boa noite, *señor* — disse ela, virando-se mais uma vez para sair, surpresa com a obediência de suas pernas. *Ande, Mercedes!*

Vidal a observou sair. Todos os gatos gostam de liberar os ratos. Por um tempo. Depois que já sentiram o poder de suas garras.

Ele foi até o fonógrafo e baixou a agulha no disco. Alguém poderia ter dançado aquela música. Como manda o figurino, outra valsa mortal começara, e daquela vez a presa era especialmente bonita.

Vidal se aproximou do berço e olhou para o filho.

A mulher que lhe dera à luz também fora muita bonita, mas Mercedes era mais forte. E isso significava que seria ainda mais agradável acabar com ela, certamente muito mais agradável que torturar um gago ou atirar num nobre médico idiota. E agora ele tinha um filho. Alguém para ensinar sobre a vida.

Então lhe ensinaria sua dança cruel. Passo a passo.

~XXXII~
não é nada

Embora Mercedes quisesse correr, ela tomou cuidado ao descer a escada, com medo de que suas pernas bambas a fizessem tropeçar. O *capitán* não a seguiu, ainda não, mas ela não tinha muito tempo.

Levantou um dos ladrilhos do chão da cozinha e pegou o último maço de cartas que lhe fora confiado para entregar aos homens na floresta, cartas de mães, pais, irmãs, esposas. Uma voz de mulher veio do quarto de Vidal, cantando suavemente sobre o amor e seu tormento. Ele parecia provocá-la com a música, e a cada nota era como se a ponta de uma faca alfinetasse seu pescoço.

Ele sabe. Sim, ele sabia, e ela acabaria como Ferreiro, com o rosto na lama, embora Vidal provavelmente preferisse que ela morresse de costas, como a mãe de Ofélia, dando à luz outro filho seu. Mercedes ficou um tempo na cozinha escura, paralisada pela música que vinha do andar de cima, como se os dedos dele ainda apertassem sua mão, aqueles dedos assassinos ensanguentados.

Ande, Mercedes. Ele não pode amarrar você com uma música. Não. Mas ela não podia abandonar a menina. Não sem se despedir.

Ofélia dormia profundamente, embora ainda fosse cedo quando Mercedes entrou em seu quartinho no sótão, mas era a noite depois do enterro de sua mãe. A tristeza exaure o coração. A música de Vidal abafou o rangido perigoso da porta e os passos de Mercedes até a cama de Ofélia. Na maioria das vezes, parecia que o velho moinho estava sempre do lado dos soldados, mas em alguns momentos Mercedes achava que a casa velha lhe acolhia como a uma amiga.

— Ofélia! Acorde, Ofélia! — disse Mercedes, agarrando os ombros da menina sem tirar os olhos da porta. — Ofélia! *Acorde, por favor...*

As pálpebras da menina, pesadas de sono, finalmente se abriram. Mercedes se inclinou sobre ela e segurou sua mão.

— Ofélia, estou indo embora.

Os olhos dela se arregalaram, olhos tão lindos quanto os da mãe, mas a beleza era uma dádiva perigosa naquele mundo.

— Aonde você vai?

— Não posso dizer. Não posso.

Mercedes olhou de novo para a porta. A música ainda se infiltrava por toda a casa, como se Vidal tecesse uma teia noite adentro.

— Me leve junto! — pediu Ofélia, agarrando seu braço. — Por favor!

— Não dá! — sussurrou Mercedes, acariciando seu rosto assustado. — Não posso!

A menina se agarrou ao pescoço de Mercedes. Era jovem demais para ficar sozinha no mundo, muito jovem.

Mercedes beijou o cabelo de Ofélia, tão escuro quanto o dela, e a abraçou do modo como um dia desejara abraçar a própria filha.

— Não posso, minha menina! Volto para buscar você, eu prometo.

Mas Ofélia não a deixava ir embora. Ela abraçou Mercedes com tanta força que ouviu a batida de seu coração.

— Me leve com você! Me leve com você! — repetia ela sem parar.

Como alguém poderia dizer não diante de tanta solidão?

Seguiram tropeçando juntas pela noite escura, pelo riacho, tremendo de frio sob mais uma chuva glacial. O guarda-chuva velho de Mercedes não conseguia protegê-las. Uma hora a mulher achou que tinha escutado os passos de Ferreiro logo atrás, mas em seguida lembrou que ele estava morto, como Tarta e tantos outros. *Morto*. A palavra se tornava mais ou menos real toda vez que estava atrelada a um ente querido?

— Espere! — disse Mercedes, parando, seu braço ainda envolvendo Ofélia com firmeza.

Pensou ter escutado o relincho de um cavalo, mas quando prestou atenção na noite, tudo que ouviu foi a chuva caindo nas árvores e escorrendo das folhas em cima das duas.

— Não é nada! — sussurrou, abraçando Ofélia com mais força. — Não se preocupe. Vamos.

Mas era o fim da linha.

Quando Mercedes se virou, levantando o guarda-chuva, deu de cara com o rosto de Vidal. Garcés estava logo atrás, e havia pelo menos mais uns vinte soldados. Como não ouvira a chegada deles? A noite sempre está do lado dos caçadores.

— Mercedes! — disse Vidal, transformando seu nome em uma corrente que estrangulava seu pescoço. Ele percorreu todo o seu rosto com o olhar, enrijecido pelo horror, e depois encarou a menina. — Ofélia.

Ele nem tentou disfarçar a raiva.

Agarrou o braço da menina e deixou Mercedes com Garcés.

Eles vão matar Mercedes, era tudo que Ofélia pensava enquanto o Lobo a arrastava de volta ao moinho, floresta adentro, e depois pelo pátio enlameado rumo à casa onde sua mãe morrera. *Eles vão matar Mercedes como mataram minha mãe.*

O Lobo a puxou escada acima com suas mãos pesadas. Ele pediu que um dos soldados ficasse de guarda na porta antes de empurrá-la com força para dentro do quarto.

— Há quanto tempo você sabe sobre Mercedes?

Ele deu um tapa no rosto de Ofélia. Ainda estava molhado de chuva ou eram as lágrimas que escorriam? Não importava. Gotas de chuva também eram lágrimas. O mundo inteiro estava chorando.

— Há quanto tempo anda rindo da minha cara, sua bruxinha?

O Lobo sacudiu Ofélia, e ela sentiu que o homem queria mais. Queria acabar com ela. Queria despedaçá-la como um dos coelhos que a cozinheira preparara para ele e seus homens. Por fim, ele a soltou, em meio a xingamentos, tirou o quepe, respirou fundo e passou a mão no cabelo. Pela primeira vez sua máscara rachou, e isso deixou Ofélia mais assustada do que a raiva do Fauno. O Lobo nunca a perdoaria por vê-lo fraquejar, assim como nunca perdoaria o fato de Ofélia não ter lhe contado sobre Mercedes.

— Fique de olho nela — gritou para o soldado que guardava a porta. — E se alguém tentar entrar — acrescentou, colocando o quepe e o endireitando na cabeça para esconder a rachadura da máscara —, mate-a primeiro.

A bochecha de Ofélia ardia como se a bofetada tivesse rasgado sua pele. Ela começou a chorar assim que o Lobo fechou a porta, muitas lágrimas acumuladas: pela mãe, por Mercedes, por si mesma.

~XXXIII~
apenas uma mulher

Elá estava ela, atada à viga manchada com o sangue de Tarta enquanto, do lado de fora, nascia um novo dia. Não olhou para Garcés enquanto ele apertava as cordas e prendia suas mãos, da mesma forma que fizera com Tarta.

Vidal estava ocupado vasculhando a bolsa dela. Tirara as luvas. Era o que costumava fazer quando interrogava um prisioneiro. Era muito difícil tirar o sangue do couro. Mercedes sabia bem. Fizera isso inúmeras vezes.

— *Chorizo* — disse ele, jogando o embutido no chão. — Isso não era só para alimentar você e a garota, não é? E com certeza não foi para ela que você roubou isso — completou, dando uma fungada num pequeno embrulho em seguida. — Meu melhor tabaco. Podia ter pedido. Eu teria lhe dado.

Garcés sorriu e deu mais um nó, enquanto seu *capitán* olhava as cartas que ela entregaria aos homens na floresta.

— Quero os nomes de quem escreveu essas cartas. E quero até amanhã — disse ele, entregando-as para Garcés.

— Sim, *capitán*.

Por que Mercedes não se livrara das cartas? Elas traziam os nomes dos entes queridos que agora seriam perseguidos pelos soldados... Nada machucaria mais os homens na floresta. Todas aquelas palavras de amor se transformariam em armas apontadas contra quem deveriam reconfortar.

Mercedes tentou conter as lágrimas. O desespero inundou seu coração feito água envenenada. O amor é uma armadilha muito eficiente, e a verdade mais cruel sobre a guerra é que ela o torna um risco mortal. *Vamos matar sua mãe. Estuprar sua irmã. Aleijar seu irmão...* Ela recostou a cabeça na madeira lascada. Que diferença faria se a matassem? Havia tempos temia esse momento. Seu coração estava tão exausto de tanto medo que, apático, só sentia remorso pelas cartas e compaixão pelas pessoas que em breve também passariam por isso.

Vidal desabotoou a camisa que Mercedes lavara e passara. Quantas vezes reclamara das manchas de sangue de outra pessoa? Será que o dela mancharia as mangas da camisa ou ele ia tirá-la? *Isso, Mercedes, pense em lavar roupa. Não perca tempo pensando no que ele vai fazer com você.*

— Pode ir, Garcés.

Ela não sabia direito como interpretar o olhar que o soldado lhe lançou. Alguns deles não gostavam de torturar mulheres. Já seu *capitán* não tinha essas restrições. E ela suspeitava de que ele gostasse ainda mais quando tinha que fazer isso.

— Tem certeza, *capitán*?

Mercedes não se lembrava de ouvir a risada de Vidal até então.

— Pelo amor de Deus! É apenas uma mulher.

Mercedes olhou para as paredes de madeira do celeiro. Seria a última vez que as veria. Os flancos das árvores mortas enquanto a floresta viva estava do lado de fora, inalcançável. Garcés fechou as portas do celeiro ao sair.

— Você sempre achou isso. E foi desse jeito que consegui me safar. Eu era invisível para você.

Mercedes continuou a encarar a parede, para que o algoz não notasse o medo em seus olhos. Mas Vidal parou à sua frente e agarrou seu queixo, forçando-a a olhar para ele.

— Merda. Você descobriu meu ponto fraco. O orgulho — disse ele, esquadrinhando o rosto dela como se fosse um pedaço de carne. Prestes a sangrar. — Por sorte, o único.

Mentiroso. Mercedes sentiu a pressão dos dedos dele em suas bochechas. Como ele adorava vê-la impotente, adorava tornar sua beleza um bem que poderia destruir.

— Agora vamos descobrir o *seu* ponto fraco. — Vidal soltou o rosto dela e caminhou até a mesa onde estavam as ferramentas. — É bem simples — continuou, dando-lhe as costas enquanto pegava o martelo. — É claro que você vai falar... — Ele colocou o martelo de volta na mesa, examinando as outras ferramentas como se estivesse em dúvida sobre qual usar. — Mas eu preciso saber se tudo o que você diz... — ele pegou um gancho de ferro e o observou com ternura — ... é verdade.

Continue falando, pediu Mercedes, enquanto seus dedos procuravam silenciosamente pela faca escondida no avental. Será que estava bem afiada? O suficiente para cortar uma corda em vez de cenouras e cebolas?

— Sim, você vai falar. Temos aqui alguns instrumentos para esse propósito — disse ele, ainda de costas para ela.

Mercedes tinha certeza de que Tarta ouvira o mesmo discurso. Vidal gostava de contar vantagem. Afinal de contas, um *capitán* com base em um moinho abandonado no meio de uma floresta na Galícia não tinha muito do que se vangloriar, exceto por sua crueldade. Orgulho? Não, vaidade: essa era sua fraqueza, a necessidade constante de provar para si e para os outros que nada nem ninguém era páreo para ele e que seu coração desconhecia medo e piedade. Mentiroso. Ele tinha medo de tudo. Principalmente de si mesmo.

Mercedes fixou os olhos nas costas dele enquanto cortava as fibras da corda.

— Não vamos usar nada muito especial... não tem necessidade. Aprendi na prática.

Ah, sim, ele gostava de ouvir a própria voz. Tinha orgulho de conseguir manter um tom calmo mesmo quando seu coração estava acelerado de ódio ou euforia. Mercedes tinha certeza de que o coração dele acelerava com a possibilidade de usar o martelo no rosto que ele tanto cobiçara, nas mãos que tocara casualmente quando ela se aproximava. Invisível. É. Mercedes, irmã de Pedro e de outra menina que morrera muito nova, filha de pais havia muito falecidos... Ela em si era invisível para ele. Mas Vidal sempre notara a beleza de seu corpo.

Pronto. Ela sentiu a lâmina da faca roçar sua pele. Mãos livres. Porém havia mais para cortar.

— Primeiro... — disse Vidal, mostrando um par de alicates.

— É, acho que esse serve — completou, ainda sem se virar.

Mercedes afrouxou em silêncio a corda que amarrava suas pernas. Seus pés afundaram na palha enquanto ela caminhava na ponta dos pés em direção a seu algoz.

Cravou a faca nas costas dele, por cima da camisa branca. Usou toda a força que lhe restava, mas a lâmina fina era curta, e os músculos e a pele não são tão fáceis de dilacerar quanto as fibras de uma corda. Vidal gemeu e tocou a ferida enquanto Mercedes cambaleava para trás, tentando recobrar o fôlego. Nunca havia enfiado uma faca em carne humana, e a arma parecia tão frágil quanto seu corpo.

Com os olhos arregalados de incredulidade, ele se virou para encará-la. Apenas uma mulher. Então Mercedes enfiou a faca no peito dele. Vidal desabou quando ela arrancou a faca de volta, mas o acertara logo abaixo do ombro, bem longe do coração — como se ele tivesse um —, e a lâmina era curta demais. Mercedes tentou mais uma vez, embora seus dedos estivessem escorregadios de sangue. Enfiou a faca nos lábios entreabertos dele, pressionando a lâmina no canto da boca.

— Viu só? Eu não sou um velho, *hijo de puta* — sibilou —, nem um prisioneiro ferido. — Ela rasgou a bochecha dele. Então encarou o homem, que estava de joelhos, apertando a ferida na boca ensanguentada, e acrescentou: — Se encostar na menina — ela mal reconhecia a própria voz —, vai ser mais um dos porcos estripados por mim.

Seus joelhos funcionavam com uma lógica diferente. Todo o medo que sentira parecia concentrado neles, mas conseguiu chegar até a porta do celeiro e abri-la. Mercedes nem percebeu que ainda estava com a faca ensanguentada nas mãos quando foi para o pátio. Tentou escondê-la no avental enquanto andava. Passou pelos soldados. Ninguém prestou atenção nela.

Invisível.

Só um deles virou a cabeça. Um oficial. Serrano. Olhou para ela, mas Mercedes continuou andando. Um rádio ensurdecedor em frente ao estábulo anunciava os números premiados da loteria na qual a cozinheira sempre apostava.

Continue andando.

— Ei, você viu isso? — perguntou Serrano para Garcés, que franzia a testa de decepção com o bilhete de loteria dos rebeldes que guardara desde aquele dia na floresta. — Dá para acreditar? — O rosto de Serrano estava pálido de perplexidade. — Ele liberou a mulher.

Apontou para Mercedes. Garcés amassou o bilhete de loteria e o jogou no chão.

— Do que você está falando?

Mercedes apressou o passo. Sentiu o olhar de Garcés em suas costas. Talvez ele não gostasse tanto de torturar como seu *capitán*, mas certamente não se incomodava em matar pessoas.

— Ei — chamou Garcés. — Você! Parada aí!

Mercedes começou a correr. Ah, isso foi moleza.

Garcés tirou a pistola do coldre.

Muito mais fácil do que acertar o martelo num prisioneiro acorrentado. Ele mirou com a mesma precisão com que o pai de Ofélia enfiava a linha no buraco da agulha.

— Pegue ela, Garcés!

Mas Garcés logo esqueceu Mercedes. Abaixou a pistola e viu seu *capitán* saindo do celeiro tão cambaleante quanto um bêbado, a camisa coberta de sangue e a mão na boca.

— Ande! — disse Vidal, mas era difícil entender o que ele dizia, com a boca abafada. — Pegue ela!

Garcés ficou paralisado. Estarrecido com a quantidade de sangue escorrendo pelos dedos de Vidal.

— *Capitán*, o que acon...

— Traga ela para mim, porra!

A boca que gritara com Garcés estava cortada até a altura da bochecha esquerda. Foi difícil desviar os olhos daquele sorriso ensanguentado, mas Garcés enfim conseguiu.

— Agrupem-se! — gritou para os soldados.

Mercedes acabara de chegar ao arvoredo quando ouviu Garcés ladrar a ordem. *Por que não o matou quando teve a chance?*, perguntou a si mesma quando olhou para trás e avistou Vidal. Se tivesse uma faca melhor, teria conseguido. Ah, se teria. Tropeçou nas samambaias encharcadas, e os galhos escovaram sua pele e suas roupas. Mercedes não corria assim desde pequena, e naquela época o fazia pela simples alegria de correr.

Alegria. Que sentimento era esse? Ela não lembrava mais...

Logo precisou se recostar em uma árvore para recuperar o fôlego, embora ouvisse o relinchar dos cavalos se aproximando, seus cascos atropelando as samambaias, os cavaleiros gritando. Eram muitos, e ela cambaleava entre as raízes das árvores e as pedras enquanto eles se aproximavam cada vez mais.

Uma clareira surgiu em meio às árvores. Pinheiros imponentes formavam um círculo amplo, como se estivessem reunidos para assistir à morte dela. Os soldados cercaram Mercedes com os cavalos antes que ela ao menos conseguisse percorrer metade da clareira. Seu cabelo estava solto, e ela se sentiu tão pequena e vulnerável quanto uma criança.

Garcés sorriu para ela, com um olhar que era ao mesmo tempo de escárnio e admiração. Todas as mulheres eram presas para eles. *Olhem só para ela*, diziam os olhos de Garcés. *Muito bonita para uma empregada.* Ele amansou o cavalo, acariciando seu pescoço como se fosse o dela. Demorou a saltar. Estava gostando da brincadeira. Era só o começo da diversão.

— *Shh* — disse ele, indo até ela e mexendo as mãos suavemente, como se acalmasse uma criança.

Mercedes sempre achara Garcés menos cruel do que Vidal, mas que diferença fazia agora? Ele era um deles. Ela pegou a faca. Quando a apontou para Garcés, a lâmina ainda estava vermelha do sangue do *capitán*.

Garcés tirou o quepe, ainda sorrindo como se a cortejasse.

— Você vai *me* esfaquear? Com essa faquinha?

Ah, como ela queria ser homem.

— Vai ser melhor nos acompanhar sem causar problemas. O *capitán* disse que se você se comportar...

A voz de um homem pode se transformar no ronronar de um gato quando está caçando uma mulher.

Mercedes pressionou a lâmina no próprio pescoço. Tarta não tivera essa chance. Pobre Tarta.

— Não seja idiota, querida — disse Garcés, dando mais um passo em sua direção.

Mercedes apertou a faca com tanta força que sentiu a lâmina alfinetar a pele. Garcés continuava se aproximando.

— Se alguém vai matar você — ronronou —, é melhor que seja eu.

Ele ainda estava sorrindo para ela quando caiu morto.

A bala acertou suas costas. Os outros tentaram fugir, mas foram caindo, um por um, enquanto Mercedes ainda segurava a faca no próprio pescoço. Seus ouvidos ainda estavam dormentes por causa do tiroteio e dos gritos quando enfim abaixou a faca. Ao seu redor, cavalos apavorados escorregavam pela grama, derrubando os cavaleiros no chão, e a clareira ficou coberta de cadáveres.

Mercedes não sabia se alguns soldados haviam escapado. Se conseguiram, não foram muitos. Viu só alguns cavalos galopando pela floresta, selvagens e livres pela primeira vez na vida. E lá estava Pedro. Quando o irmão se aproximou, acompanhado por seus homens, parecia ter saído de um sonho, um sonho bom, para variar. Ele a abraçou, e Mercedes chorou, o apertou com força, e chorou em seu ombro, chorou desesperadamente, enquanto os outros homens disparavam contra os soldados que ainda se debatiam entre as samambaias pisoteadas.

Tiros e choros... esses são os sons do mundo. Tinha que haver mais coisas além disso, só que Mercedes não lembrava mais. Ela abraçou Pedro, e suas lágrimas pareciam infinitas.

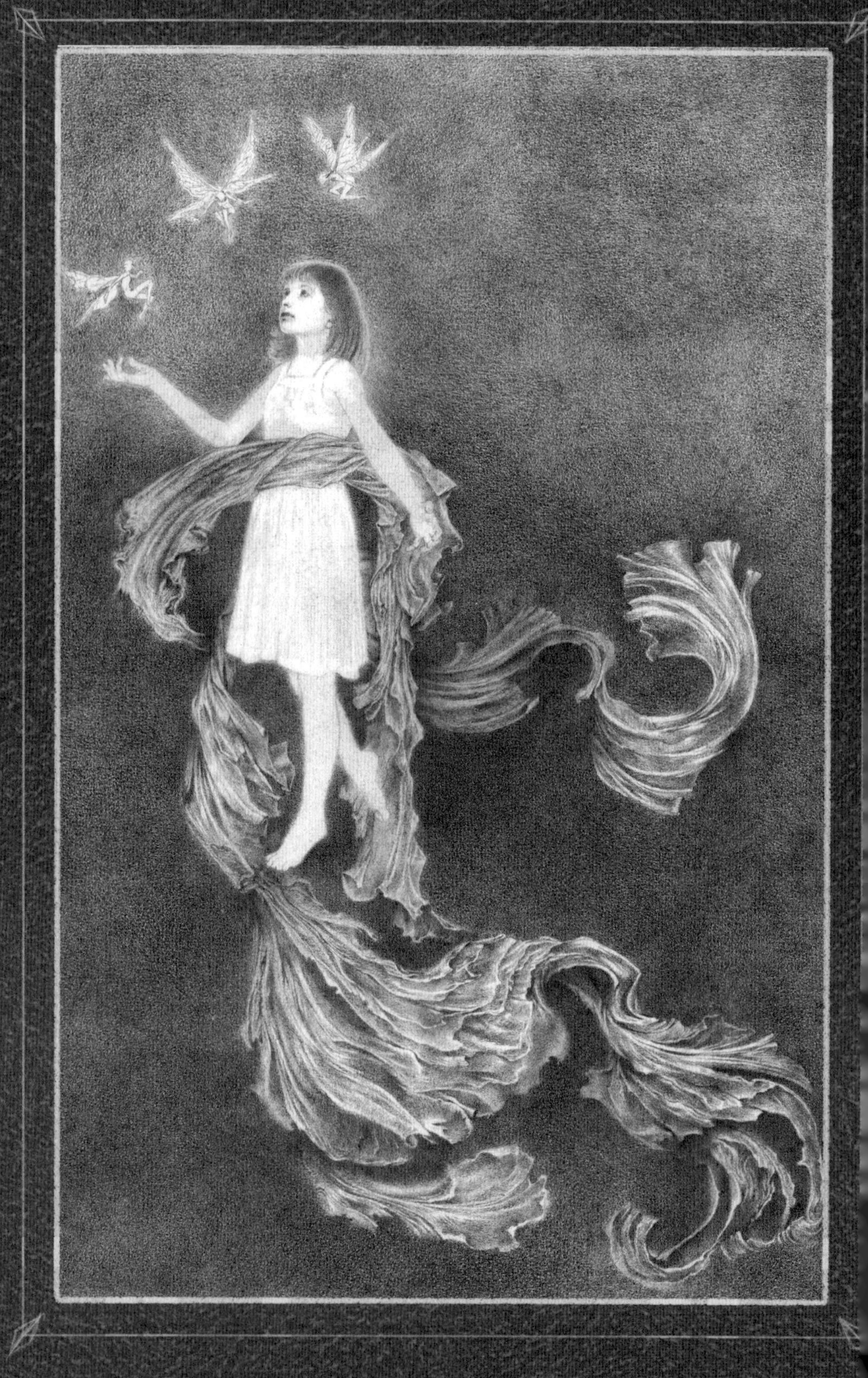

o alfaiate que fez um acordo com a morte

Era uma vez, um jovem alfaiate chamado Mateo Hilodoro, que morava na cidade de Coruña. Era feliz no seu casamento com Carmen Cardoso, mulher que amava desde a infância. Ele se sentiu o homem mais próspero da Terra quando ela deu à luz uma filha, que ele amava tanto quanto amava a esposa. Chamaram-na de Ofélia. Mateo costurava todas as roupas dela e fazia vestidos para suas bonecas, copiando os penhoares usados pelas princesas dos livros de contos de fadas que ela lia.

Mateo Hilodoro era de fato um homem muito feliz. Mas, na noite do aniversário de Ofélia, sua mão projetou a sombra de uma caveira no linho verde que cortava para fazer um vestido novo para ela. Hilodoro se afastou da bancada de trabalho e esbarrou na Morte, parada atrás dele, com um rosto tão branco quanto o vestido que usava.

— Mateo — disse ela. — Chegou a sua hora. A rainha do Reino Subterrâneo precisa de um alfaiate, e ela escolheu você.

— Diga a ela que eu não sou bom! — implorou ele. — Diga que minhas mãos tremem e que minhas costuras afrouxam em poucos dias.

A Morte balançou a cabeça, embora seu rosto pálido revelasse uma pitada de compaixão.

— Os pontos que você dá são mais perfeitos que a canção de um rouxinol, Mateo — disse ela. — Não há nada mais perfeito nesse mundo.

— Se você me levar, vou cortar meus dedos! — exclamou o alfaiate. — Que utilidade vou ter, então?

— Lá você não vai mais precisar desse corpo — explicou a Morte. — Só precisa de seu ofício, e isso está em você, não vai se perder, é sua essência. Como dizem, é uma chama que não se apaga.

Hilodoro baixou a cabeça e amaldiçoou o dom que acreditara ser uma bênção em sua vida. Suas lágrimas caíram no tecido que cortava para fazer um vestido novo para a filha. Ofélia ficaria tão linda, combinaria com o cabelo escuro igual ao da mãe e com seus olhos arregalados e pensativos, olhos tão questionadores.

— Só me deixe terminar o vestido! — implorou ele. — E eu prometo que, assim que der o último ponto, vou com você, e farei com toda a boa vontade as roupas mais bonitas para a rainha do Reino Subterrâneo.

A Morte suspirou. Estava acostumada com homens implorando por mais meses ou anos e, em alguns casos, horas. Sempre havia algo a ser concluído, desfeito, resolvido. Os mortais não entendem que a vida não é um livro que você fecha só depois de ler a última página. Não existe última página no Livro da Vida, pois a última é sempre a primeira página de outra história. Mas o alfaiate comovera a Morte. Ele era tão amoroso... e gentil, uma qualidade que a Morte considerava rara entre os homens.

— Tudo bem. Pode terminar o vestido — disse ela, um pouco impaciente, sobretudo consigo mesma, por ter acatado o pedido dele. — Já volto.

As mãos de Hilodoro tremiam quando ele se reaproximou da mesa de trabalho e os pontos saíram desnivelados. Ele teve que refazê-los, pois eram o reflexo de seu desespero, assim como antes eram o reflexo de sua felicidade. Enquanto ele cortava a linha e dedilhava o tecido delicado, teve um pensamento audacioso.

E se não terminasse o vestido? E se *nunca* terminasse o vestido? Então ficou acordado durante noites e mais noites, e não ouvia quando Carmem lhe dizia para dormir um pouco, pois queria ter certeza de que a Morte confiava que ele estava trabalhando no vestido sem parar. Para cada ponto terminado, desfazia outro secretamente, tão secretamente que esperava nunca ser flagrado pela Morte.

Seis semanas depois, sua mão projetou de novo a sombra de uma caveira no linho verde do vestido ainda inacabado. A Morte o espreitava, mas dessa vez usava um vestido vermelho.

— Mateo! — disse ela, a voz fria como uma cova. — Termine o vestido antes de o sol nascer, ou vou levar a dona dele também.

Hilodoro sentiu a agulha perfurar sua mão, e uma gota de sangue caiu na manga que ele costurava. Sua filha Ofélia certamente questionaria a origem daquele ponto escuro.

— Vou terminar antes do nascer do sol — sussurrou ele. — Eu juro. Mas, por favor, não encoste na minha filha. Ela é tão jovem...

— Isso eu não posso prometer — respondeu a Morte. — Mas vou fazer outra promessa: se você terminar o vestido hoje à noite, ele vai conter todo o seu amor. E sempre que ela usá-lo, ou enquanto ainda lhe servir, não vou buscá-la.

~XXXIV~
última chance

Toque, toque, toque... O guarda andava de um lado para o outro em frente à porta do quarto de Ofélia, tentando ficar acordado. A janela arredondada, gêmea diurna da lua cheia, escurecera com a noite, e isso acabava com as esperanças da menina de cumprir as tarefas do Fauno. Tudo estava perdido. Nunca descobriria se era verdade o que ele lhe dissera sobre o lugar para onde ela poderia voltar e chamar de lar.

O lugar onde Ofélia ainda tinha pai e mãe.

Fique de olho nela. E se alguém tentar entrar, mate-a primeiro.

Matá-la? Ela esperava que alguém fizesse isso desde que o Lobo saíra do quarto. De camisola, sentada no chão sob o qual o Homem Pálido vagava, encostada aos pés da cama, Ofélia esperava alguém entrar e cortar seu pescoço.

Ela estava ao lado da mala de roupas da mãe, na esperança de que isso lhe servisse de consolo, mas a mala sussurrava: *Ela se foi. Todos se foram: sua mãe, Mercedes, até o Fauno abandonou você.* Era verdade. Restava apenas o velho moinho cheio de fantasmas e o homem terrível que causara a morte de sua mãe e logo mataria Mercedes também. Sim, com certeza ele ia matá-la. Ofélia se perguntava se ela já estava morta ou se ele ainda perderia tempo com ela, como dizem que fizera com o garoto rebelde.

Apesar do ruído dos passos do soldado do lado de fora, a menina ouviu o choro do irmão vindo da toca do Lobo. O bebê parecia sozinho e desorientado. Seu choro espelhava a lástima do coração de Ofélia e criou um vínculo entre os dois, noite adentro. Por mais que ela ainda o culpasse pela morte da mãe.

Ofélia ergueu a cabeça.

Outro som: um farfalhar de asas que pareciam folhas secas.

A Fada voava acima dela, uma lembrança viva da morte das irmãs e do fracasso de Ofélia. Pousou na mão da menina e agarrou um de seus dedos. Pesava menos que um passarinho, e seu toque delicado encheu o coração de Ofélia de luz e calor.

— Decidi dar mais uma chance para você — disse o Fauno, surgindo das sombras, estendendo as mãos como se carregasse um presente valioso.

Ofélia se levantou.

— A última chance — acrescentou ele, dando um sorrisinho de perdão.

Ofélia o abraçou e encostou o rosto em sua cabeleira comprida e amarelada. Era como abraçar uma árvore, e a risada do Fauno era de uma alegria tão borbulhante que aqueceu o coração despedaçado dela. A criatura acariciou o cabelo de Ofélia, encostou a bochecha em sua cabeça, e a menina se sentiu segura, apesar do soldado que guardava a porta do quarto, apesar do Lobo, apesar da mala com as roupas da mãe.

O corpo gigantesco do Fauno a protegia da escuridão de seu mundo. Talvez pudesse confiar nele, afinal de contas. Quem mais iria ajudá-la? Não havia mais ninguém.

— É, vou dar mais uma chance para você — sussurrou o Fauno no ouvido dela. — Mas dessa vez promete que vai fazer tudo que eu disser?

Ele deu um passo para trás, com as mãos ainda nos ombros de Ofélia e um olhar inquisitivo.

A menina concordou. Claro. Tudinho! Ela faria tudo que pudesse só para que ele a protegesse do Lobo que a arrastara até o quarto feito um coelho capturado na floresta.

— Tudo mesmo? — insistiu o Fauno, abaixando-se até olhar bem nos olhos dela. — Sem questionar? — Ele acariciou o rosto dela com suas garras, e Ofélia concordou de novo, embora dessa vez sentisse certa ameaça no pedido. — Esta é sua última chance — disse o Fauno, enfatizando palavra por palavra.

Ofélia se lembrou das uvas nos pratos dourados do Homem Pálido. Não. Dessa vez ela seria mais forte. Concordou.

— Então preste atenção — começou o Fauno, tamborilando a garra na ponta do nariz dela. — Pegue seu irmão e leve-o para o labirinto o quanto antes, Vossa Alteza.

Era uma tarefa pela qual Ofélia não esperava.

— Meu irmão?

Ofélia fez cara feia. *Como assim?*, se perguntou. *Ele parece tão solitário quanto você, mas é filho daquele homem, e sua mãe ainda estaria viva se não fosse por ele.* Então, mais uma vez, uma voz sussurrou dentro dela: *Ele não teve culpa. Tinha que vir ao mundo mesmo estando tão assustado quanto você.*

— É — disse o Fauno. — Precisamos dele agora.

Para quê? *Ora, Ofélia!*, sua mãe costumava dizer, bufando. *Perguntas demais! Será que pela primeira vez pode fazer o que estou pedindo? Como fazer isso enquanto seu coração a enchia de perguntas?*

— Mas... — disse ela, começando sorrateiramente o interrogatório.

O Fauno ergueu o dedo, dando um aviso resoluto:

— Nada de perguntas. Como combinamos, lembra?

Você vai fazer tudo que eu disser? Tudo... Ofélia respirou fundo. A ameaça estava implícita nessa palavra, mas ela não tinha escolha, não é?

— A porta está trancada.

O quarto do Lobo passou a ficar sempre trancado desde que ele levara o filho para lá.

— Nesse caso — disse o Fauno, sorrindo com malícia —, tenho certeza de que você se lembra de como abrir uma porta.

O giz se materializou no ar, e era tão branco quanto o que o Fauno lhe dera para entrar no covil do Homem Pálido.

~XXXV~
o lobo ferido

Vidal estava em frente ao espelho enxaguando seu rosto retalhado quando ouviu barulho de patas de cavalo lá fora. Dois soldados voltaram da floresta, mas ninguém ousou dizer ao *capitán* que os outros estavam mortos em uma clareira no arvoredo, o sangue pingando das samambaias, enquanto Mercedes, que o retalhara feito um porco, estava viva e livre.

Vidal examinou o sorriso grotesco que a mulher abrira em seu rosto. A faca de cozinha cortara sua pele com a mesma eficiência com que cortava vegetais. Quando tentou abrir a boca, uma pontada de dor o fez fechar os olhos, mas ainda via as mãos de Mercedes segurando a lâmina fina feito espinho de vespa.

Uma das empregadas deixara em sua mesa a agulha de costura que pedira. Mercedes provavelmente a usara para costurar as roupas dele. Vidal pegou a agulha e a enfiou no lábio inferior. Estremecia a cada ponto que dava, mas passou várias vezes o fio preto por dentro da pele para fechar o sorriso que fazia seu rosto zombar do tolo que fora.

Ofélia ouvia os gemidos dele pela porta que o giz do Fauno abrira no quarto dela. Viu o Lobo diante do espelho e logo abaixo dela havia uma escada que se inclinava preguiçosamente sobre algumas caixas, acumulando poeira no fundo do quarto. O Fauno sabia que ela tiraria o irmão do berço com facilidade. O bebê estava a poucos passos de Vidal, e embora Ofélia não o enxergasse, ouvia seu choro baixinho. Talvez chamasse pela mãe. A mãe deles... *Não pense nela, Ofélia! Lembre onde você está!*

Ela calçou os sapatos e, por cima da camisola, vestiu o casaco de lã escura.

O Lobo não ouviu quando ela desceu a escada. Ainda estava diante do espelho, de costas para ela, gemendo de dor. Havia sangue em sua camiseta. Ofélia não sabia quem o ferira, mas era grata à pessoa que tivera a ousadia de atacá-lo, embora sentisse a raiva dele. Assim que terminou de descer a escada e pisou no quarto, deslizou rapidamente para baixo da mesa do Lobo para se esconder, caso ele se virasse.

Mas Vidal não se virou.

Estava analisando o trabalho feito pela linha e pela agulha. Haviam apagado o sorriso que a faca de Mercedes desenhara. O espelho só mostrava uma linha fina de sangue bordada em preto que percorria do canto esquerdo da boca até a bochecha. Ele cobriu os pontos com um curativo e examinou o rosto mais uma vez. Então foi até a mesa.

Ofélia não se atreveu a respirar. Corria o risco de encostar nas pernas de Vidal enquanto ele se servia de conhaque. O irmão resmungou no berço, e o Lobo gemeu quando a bebida forte escorreu pelo curativo. Ofélia escutou-o se servir de mais bebida e... colocar o copo na mesa.

A menina sentiu os pés e as mãos congelarem de medo.

O giz. Onde estava o giz do Fauno?

Entre os papéis da mesa de Vidal. Ele o pegou e o esfarelou entre os dedos enquanto examinava o quarto à procura do intruso que poderia ter deixado aquilo ali.

Ah, Ofélia estava morrendo de medo de que seu coração acelerado lhe entregasse!

E talvez Vidal o tenha escutado.

Ele sacou a pistola, contornou a mesa e conferiu se havia algo embaixo dela. Ofélia foi mais rápida. O Lobo não viu nada, e o irmão, para ajudá-la, começou a chorar. Vidal guardou a arma e se aproximou do berço. Seu filho... Será que doutrinaria os pensamentos do menino da mesma forma que o pai ainda doutrinara os dele? Seu filho ansiaria por agradá-lo mesmo depois que ele morresse?

— *Capitán!* Com licença.

Não se lembrava do nome do soldado que entrou esbaforido em seu quarto. Eles morriam rápido demais.

— O que foi?

Todos sabiam a punição severa recebida por aqueles que incomodavam o *capitán* em seus aposentos.

— Serrano voltou. Está ferido.

— Ferido? — perguntou Vidal, ainda inspecionando o quarto.

O filho chorava como se algo ou alguém atrapalhasse seu sono.

Por favor!, implorou Ofélia. *Irmão, assim você vai me entregar*. Mas a pilha de sacos de estopa que Vidal atulhara no quarto a mantinha a salvo da visão dele, e finalmente a menina o ouviu caminhar em direção à porta.

Ofélia não saiu do esconderijo até escutar os passos de Vidal na escada do lado de fora. Ele deixara o copo de conhaque pela metade na mesa. Isso fez com que ela se lembrasse de outros copos, os que o dr. Ferreiro preparava para ajudar sua mãe a dormir. Enfiou a mão no bolso. Sim, lá estava. O frasco do remédio que pegara no quarto da mãe. Pingou algumas gotinhas no conhaque, com medo de que o Lobo sentisse o gosto se colocasse demais. Dr. Ferreiro, sua mãe, seu pai, Mercedes... talvez todos esperassem por ela no Reino Subterrâneo sobre o qual o Fauno lhe contara.

Só precisava fazer tudo que o Fauno pedira e então os reencontraria.

Outro grunhido veio do berço. Irmão. Ninguém lhe dera um nome ainda. Como se a mãe tivesse levado seu nome verdadeiro para o túmulo. Ofélia se lembrou da conversa que teve com ele ainda na barriga da mãe. Ela o alertara sobre esse mundo. Sim, dera um aviso e tanto.

Ela se inclinou sobre o berço e pegou o bebê nos braços. Ele era tão pequeno...

~XXXVI~
irmã e irmão

Todos olharam para ele quando entrou na sala de jantar. Adeus, glória; adeus, sentimento de invencibilidade. Nesse mesmo lugar tinham se reunido da última vez para celebrar a vitória contra os guerrilheiros na floresta. Vidal considerava que o curativo na bochecha era uma marca. A marca de um erro... O rosto retalhado por uma faca de cozinha.

Serrano estava sentado perto da lareira, seu corpo forte largado na cadeira, desalentado.

— Cadê Garcés?

Serrano balançou a cabeça. Vidal sentou-se na cadeira ao seu lado.

— Quantos eram?

— Cinquenta. No mínimo. Só eu e Garcia escapamos. O restante não conseguiu — disse Serrano, sem olhar para Vidal.

— Nossos postos de observação também não estão respondendo — disse o soldado encarregado das péssimas notícias.

Vidal ainda não lembrava o nome dele.

— Quantos homens sobraram?

— Vinte, talvez menos.

Vidal procurou o relógio de bolso, mas o havia deixado na mesa do quarto. Perguntou-se se anunciara a iminência da morte do pai com um tique-taque mais alto. Tentou zombar desse pensamento com um sorriso, mas a dor que sentia ao sorrir era mais um lembrete de como as coisas tinham dado errado.

Se não conseguisse pegar Mercedes, mataria a garota.

Ofélia ainda estava no quarto de Vidal com o irmão nos braços. Tão pequeno, tão quente. O rosto, sob o gorro que a mãe fizera para ele, tinha frescor e novidade, e seus olhos, claros e confiantes, a encaravam.

Irmã. Irmão.

Até então Ofélia nunca tinha sido irmã, só uma filha que estragara o vestido novo na floresta e ainda não sabia o significado da marca em forma de lua em seu ombro esquerdo.

Irmã. Essa palavra mudava tudo.

— Vamos embora — sussurrou no ouvido do irmão. — Vamos juntos. Não precisa ter medo.

O irmão choramingou discretamente. *É tudo novo para mim*, Ofélia imaginava ouvi-lo dizer. *Por favor, me proteja, irmã*.

— Não vai acontecer nada com você — disse ela, aninhando-o com força no ombro.

Uma promessa difícil de cumprir.

Estava indo para a porta quando ouviu a voz de Vidal vindo da escada. Por que não saiu dali um minuto antes?

— Quando o restante da cavalaria voltar, peça para virem conversar comigo — disse a voz próxima do Lobo. Próxima demais.

IRMÃ E IRMÃO

Ofélia se escondeu atrás da porta. *Não chore, irmão, não entregue a gente!*, implorou, em silêncio, embora anteriormente ele não tivesse atendido as súplicas dela pela vida da mãe.

— Reforços — disse o Lobo pelo rádio. — Agora.

E lá estava ele de volta ao quarto. *Prenda a respiração, Ofélia.*

O Lobo foi até a mesa e colocou no bolso o relógio que estava ao lado do conhaque. Então pegou o copo. Ofélia saiu de trás da porta no momento em que ele se virou e tomou tudo em um só gole. O irmão dormia tranquilamente em seus braços, e a confiança que parecia ter nela a fez confiar na própria sorte. Mas a sorte não durou muito. A menina acabara de passar pela porta quando uma explosão estremeceu as paredes do moinho. Vinha do pátio. O brilho das chamas rasgou o manto da noite e quadriculou de vermelho e branco as paredes ao redor de Ofélia. O Lobo se virou e a viu parada na porta, paralisada feito um cervo amedrontado e com o filho dele nos braços.

— Solte ele! — ordenou o Lobo, e sua voz parecia uma faca, uma bala, um martelo.

Ofélia encarou o Lobo e fez que não. Foi tudo o que conseguiu.

O Lobo deu um passo em sua direção, mas cambaleou, mal conseguindo manter o equilíbrio. Ofélia agradeceu ao dr. Ferreiro por tê-la protegido de seu assassino.

Então ela virou as costas para o Lobo e correu.

Vidal seguiu a menina, mas não passou da porta. Sua cabeça girava. O que havia de errado com ele? Não suspeitou do conhaque, era orgulhoso demais para achar que uma criança conseguiria dopá-lo. Não, ele culpava a ferida que a outra bruxa abrira em seu rosto. Ele a encontraria e a mataria também, mas primeiro ia acabar com a garota. Sabia que ela traria azar no momento em que a viu saindo do carro. Os olhos de Ofélia se assemelhavam à floresta, seu rosto marcado pelo silêncio. Ele não via a hora de torcer o pescoço dela.

A menina ainda estava na escada quando Vidal saiu cambaleando do quarto, mas, antes de conseguir sacar a pistola, a menina desgraçada já estava longe da mira. Ele a viu desparecer em meio às árvores quando finalmente desceu a escada e saiu da casa. Por que levara seu filho? Será que ia levá-lo para que os rebeldes o matassem para vingar a morte da mãe?

Não. Os rebeldes já estavam no moinho. Caminhões e tendas queimavam, havia fumaça e fogo por toda parte, homens lutando, suas silhuetas enegrecidas e entalhadas na escuridão da noite, parecendo pedaços de papel em contraste com as chamas avermelhadas. Vidal deveria ter matado a garota. E Mercedes. Pois a promessa que ela fizera a Ofélia estava de pé. Ia voltar para buscá-la, acompanhada do irmão e dos outros guerrilheiros. Mas quando Pedro e ela chegaram ao quarto de Ofélia, o encontraram vazio. Mercedes gritou o nome da menina, mas não houve resposta. Só encontraram seu casaco verde-claro e o contorno de uma porta desenhada com giz branco no chão.

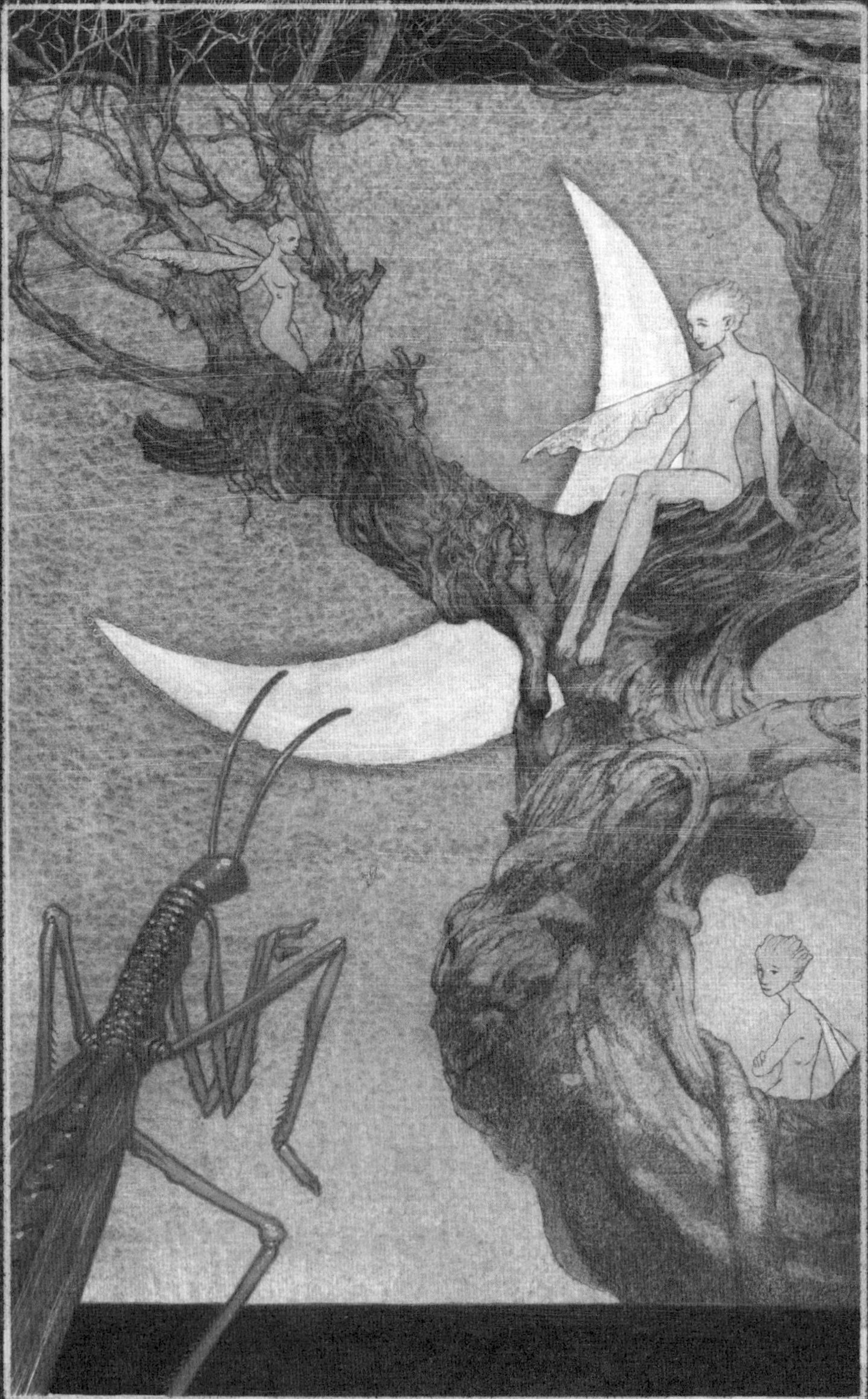

o eco do assassinato

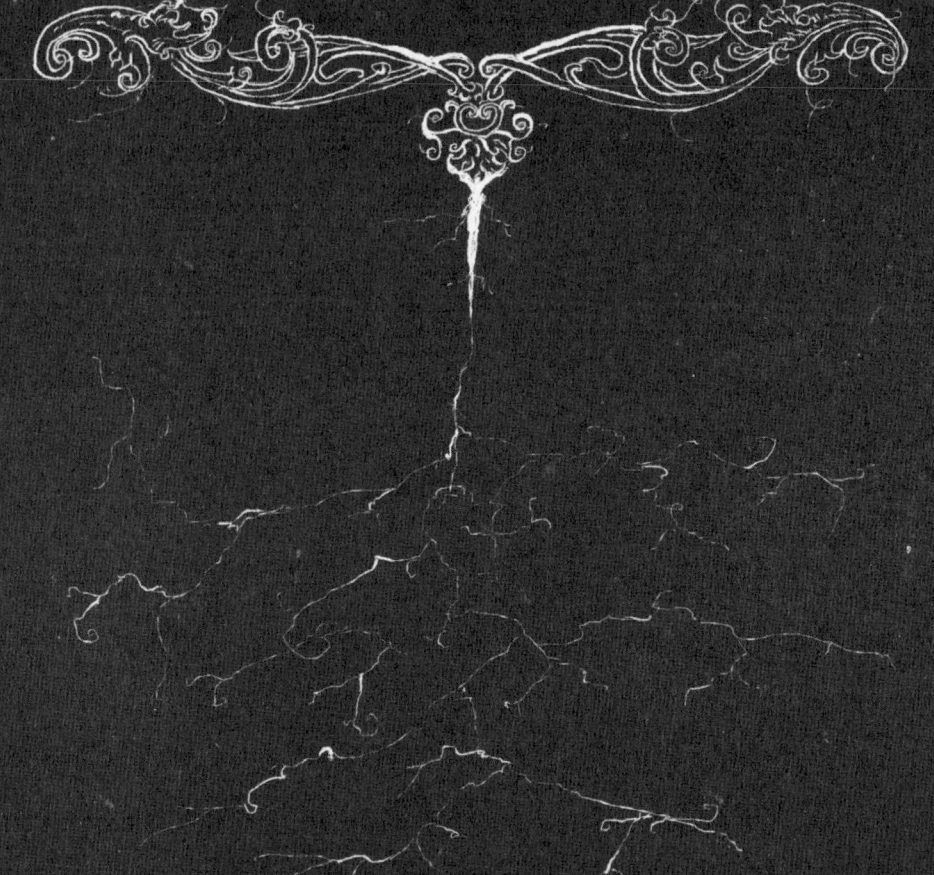

Era uma vez um nobre que ordenou que cinco soldados de seu exército sequestrassem uma mulher chamada Rocio, que ele acusava de ser uma bruxa. Pediu que a afogassem no lago de um moinho que ficava nos cafundós da floresta onde ela morava. Foram necessários dois homens para arrastá-la até o lago gelado e outro para segurá-la sob a água até não conseguir mais respirar. O nome desse soldado era Umberto Garcés.

Garcés já tinha matado pessoas, mas seu mestre nunca o mandara matar uma mulher. Era uma tarefa penosa, mas ao mesmo tempo o excitava, talvez porque a bruxa fosse muito bonita.

Normalmente, Garcés não se incomodava em matar alguém. Mas naquela noite, para sua surpresa, não conseguira dormir.

Passou dez dias assim, e toda vez que se deitava sentia de novo a água gelada na pele e via o cabelo da bruxa flutuando no lago. Então, na décima primeira noite, ao ser assombrado por aquelas visões mais uma vez, ele se levantou, selou o cavalo e cavalgou pela floresta rumo ao moinho.

Ele esperava se acalmar ao ver o lago imóvel sem o corpo da bruxa, como se ela nunca tivesse existido. Porém, quando se aproximou da água, o homem desejou nunca ter voltado ali. A água era tão sombria quanto seu pecado, e as árvores pareciam sussurrar seu julgamento para a noite: *Assassino!*

Sem dúvida a mulher fora uma bruxa. Essa não era uma prova? Só podia ser coisa dela! As árvores sussurrantes, as visões e sensações que o assombravam... Ela o amaldiçoara. Fizeram bem em matá-la. Muito bem!

Garcés sentiu a culpa tomar seu coração, todo aquele desgosto, arrependimento... não sentia mais nada. Talvez devesse se tornar um daqueles caçadores de bruxas que conseguiam purgar o país. A Igreja os pagava muito bem e, como já tinha uma bruxa no currículo, não haveria problemas em matar mais algumas. Ah, sim. Ele seria capaz de fazer aquilo de novo. E de novo.

Riu. E se virou para se aproximar do cavalo. Mas não conseguiu se mexer. A lama prendeu com força suas botas, como se dedos as segurassem.

Maldita! Ele tinha certeza de que era ela.

— Vou matar você de novo! — gritou ele para a água parada. — Está me ouvindo?

Suas botas afundaram ainda mais na lama, e ele sentiu uma coceira nas mãos. Sua pele estava coberta de verrugas, e teias cresciam entre seus dedos; os mesmos dedos que afundaram a bruxa.

Ele gritou tão alto de pavor que acordou o moleiro e sua esposa. Entretanto, eles não ousaram se aventurar pela noite para descobrir do que se tratava aquele barulho.

Garcés gritou de novo. Mas sua voz estava diferente. Um som rouco saiu da garganta, e sua coluna se retorceu de tal modo que ele caiu de joelhos, escavando a lama com os dedos cheios de teias.

Então pulou no mesmo lago lamacento onde afogara a bruxa.

~XXXVII~
a última tarefa

Dessa vez a Fada não apareceu para ajudar Ofélia. A menina teve que encontrar sozinha o caminho para o labirinto. A última tarefa é sempre a mais difícil de todas.

As explosões no moinho continuavam quebrando o silêncio da noite, mas o irmão estava tranquilo em seus braços, e parte dessa paz acalmou o coração dela. Tinha certeza de que o Lobo a seguia, embora não conseguisse vê-lo através da cortina de fumaça que subia do moinho. Um lobo... não, ele não era um lobo. Os contos de fadas estavam errados em dar ao mal a mesma forma de uma criatura tão selvagem e magnífica. Mas tanto Ernesto Vidal quanto o Homem Pálido eram seres que se alimentavam de corações e almas porque já haviam perdidos os seus.

As paredes do Labirinto receberam Ofélia com um abraço caloroso e familiar, e logo os círculos de pedra que se abriram ao redor dela e do irmão lhe fizeram se sentir segura, apesar da perseguição. *Ele não vai achar vocês aqui*, acreditava ouvir as pedras sussurrando. *Vamos esconder vocês.*

Mas Vidal estava logo atrás, perto o suficiente para ver a garota passar pelo arco e entrar no labirinto, embora ele ainda cambaleasse sob o efeito das gotas de Ferreiro. Ofélia era jovem e ágil, mas estava carregando o irmão, e o ar da noite ajudava Vidal a desobstruir a mente enevoada. Seu dedo roçava o gatilho da pistola enquanto tropeçava pelos corredores antigos seguindo o som dos passos de Ofélia feito um cão de caça segue o rastro de um cervo. Porém, sempre que pensava estar mais perto, mais um canto aparecia, mais uma curva, mais uma parede... como se ele mesmo tivesse virado a presa encurralada em uma armadilha fatal.

Cadê ela? Balançando a cabeça para afastar a névoa, ele cambaleou para a frente, a mão trêmula segurando a pistola e a outra tateando as paredes ressecadas. *Por que ela veio logo para cá?* Parou para recuperar o fôlego e ouviu os passos da garota. Ali! Tão leves, tão rápidos... mas ela estava ofegante. Também pudera, carregando o filho dele nos braços.

Ofélia ouviu os passos de Vidal em seu encalço, mas tinha certeza de que já estava perto do poço e da escada, muito perto. Era logo ali na frente. No entanto, quando se virou deu de cara com uma parede.

Caminho errado! Ela escolhera o caminho errado. Estava tudo perdido.

Contudo, o labirinto tinha esperado por ela durante muito tempo, e quando Ofélia se virou, sem esperanças, para o corredor que escolhera, as pedras começaram a se mover. Ela espiou por cima do ombro e viu que a parede que antes bloqueara o caminho estava se rachando: raízes de árvores subiam pela abertura feito garras de madeira abrindo espaço para ela.

As raízes roçavam os braços e as pernas de Ofélia enquanto ela atravessava a fenda, e então lá estava, a clareira que tanto procurara e, no meio, o poço e a escada que levavam ao monólito onde ela encontrara o Fauno pela primeira vez.

A parede se fechou depois que Ofélia e o irmão cruzaram a fenda, e quando Vidal chegou lá, já tinha virado pedra novamente. O homem olhou em volta, incrédulo, a camisa ensopada com o sangue da ferida aberta pela faca de Mercedes. Ofélia o ouviu xingar do outro lado da parede de pedras. Ela não ousou respirar, temendo que a parede abrisse passagem para ele também, mas as pedras não se mexeram. Os passos de Vidal se dissiparam, e Ofélia sentiu o batimento cardíaco do irmão pelo tecido fino da camisola, a respiração quente em seu ombro.

Amor.

Paz.

— Rápido, Majestade, passe-o para mim.

Ofélia se virou. O Fauno estava de pé do outro lado do poço, a lua contornando em prata a silhueta dele. Ofélia se sentia hesitante a cada passo que dava em direção ao Fauno, passando pelo muro de pedras planas que contornava o poço.

— Olhe, Majestade, a lua alta no céu!

Ofélia nunca tinha visto o Fauno tão alegre.

— Vamos abrir o portal! — exclamou ele, apontando para o poço.

O punhal do Homem Pálido estava em sua outra mão.

— O que está segurando? — perguntou Ofélia, sentindo o toque da lâmina fina.

O Fauno rugiu de leve.

— Ah, isso... — respondeu, acariciando gentilmente o punhal. — Bem... — Sua voz soou ao mesmo tempo casual e pesarosa. — É que o portal só se abre quando oferecemos o sangue de um inocente em troca. Só uma gotinha. — Ele tentou fazer a palavra *sangue* soar menos significativa, desdenhando dela com as mãos. — Só uma picadinha! — acrescentou, beliscando a palma da mão de modo alegre para simular a ponta do punhal. — Essa é — ele desenhou um círculo no ar da noite — a última tarefa.

Frio. Ofélia sentiu muito frio.

— Agora, ande! — insistiu o Fauno, apontando para o irmão dela, seus dedos balançando com nervosismo feito uma nuvem de moscas. — Depressa! A lua não vai esperar muito tempo.

— Não! — respondeu Ofélia, dando um passo para trás, balançando a cabeça e apertando o bebê com tanta força em seu peito que ficou com medo de que fosse acordá-lo.

Mas ele dormia tranquilamente, como se os braços dela fossem o lugar mais seguro da Terra.

O Fauno se inclinou para a frente, e seus olhos felinos se estreitaram de raiva, ameaçadores:

— Você prometeu me obedecer! — disse ele, mostrando os dentes com um rugido apavorante. — Me dê o garoto! Me-dê--o-garoto!

— Não! Ele fica comigo — retrucou Ofélia, lançando o olhar mais resoluto que conseguiu.

A ÚLTIMA TAREFA

Era a única coisa que podia fazer: conter o ímpeto do Fauno com os olhos e convencê-lo de que não mudaria de ideia, mesmo que seu corpo inteiro tremesse.

O Fauno rugiu de novo. Mas dessa vez pareceu um rugido de surpresa. Ele baixou a mão com o punhal e inclinou a cabeça chifruda para encará-la nos olhos.

— Você abre mão de seus direitos sagrados por esse pirralho que mal conhece?

— Sim — disse Ofélia, e o rosto do Fauno ficou confuso ao ver lágrimas nos olhos da menina. Será que só tinham brotado agora ou estavam presas ali desde a morte do pai? Ela não sabia mais. — Sim, abro mão — murmurou, encostando a bochecha na cabecinha do irmão, tão quente sob o gorro branco que a mãe passara noites tricotando para ele.

— Você abriria mão de seu reino por ele, que lhe causou tanto sofrimento? — perguntou o Fauno, mas não parecia tão zangado. Cada palavra soava como um anúncio ao mundo sobre a decisão estranha tomada por uma menina chamada Ofélia. — Que humilhação — completou ele, desafiando-a mais uma vez.

— Pois eu abriria, sim — repetiu Ofélia.

Pois eu abriria, sim... Essas foram as palavras que Vidal ouviu quando finalmente chegou cambaleante à clareira. Talvez a voz de Ofélia abrira caminho para ele, ou pode ter sido o discurso enfurecido do Fauno. Ou talvez o labirinto fora construído com essa finalidade: permitir que todos pudessem representar seus papéis em uma história escrita havia muito tempo.

Vidal não conseguia ver o Fauno. Talvez a escuridão que morava nele o cegasse para muitas coisas. Talvez ele já acreditasse em muitas coisas absurdas da vida adulta e não houvesse espaço para mais nada. Isso não importava. O fato é que ele estava a poucos passos da menina, que parecia falar sozinha.

— Pois eu abriria, sim — repetiu Ofélia, a voz falhando com o choro.

Ela se afastou do punhal, do poço, do Fauno, sem se dar conta de que se aproximava do homem logo atrás.

— Como quiser, Vossa Alteza — disse o Fauno, esticando as mãos num gesto de derrota, enquanto seus dedos desenhavam na noite o destino de Ofélia.

O Fauno ainda estava sumindo nas sombras quando Ofélia sentiu a mão de alguém agarrar seu ombro. O Lobo estava atrás dela, com o curativo no rosto encharcado de sangue. Ele arrancou o bebê dos braços da menina e o examinou com cautela, como se para ter certeza de que ela não lhe havia feito mal algum.

Eu o protegi!, Ofélia queria gritar. *O Fauno queria o sangue dele! Não ouviu?* Mas quando se virou, o Fauno já tinha desaparecido, e ela estava sozinha outra vez. Totalmente sozinha sem o calor reconfortante do irmão.

— Não! — gritou ela. — Não!

Os braços de Ofélia pareciam vazios, e era terrível ver o irmão nos braços do pai, então, por um momento, a menina se arrependeu de não tê-lo entregado o irmão para o Fauno. Mas que diferença fazia? Os dois eram monstros sedentos por sangue.

A ÚLTIMA TAREFA

Vidal deu um passo para trás, com o bebê nos braços. Ele nem se esforçou ao mirar.

Deu um tiro no peito de Ofélia sem nem sequer levantar a mão.

O sangue se espalhou por sua camisola feito uma flor desabrochando enquanto Vidal guardava a pistola e ia embora com o filho.

Ofélia ergueu a mão e viu o sangue pingar pelos dedos. Seus pés fraquejaram, e ela caiu ao lado do poço, a mão apertando a ferida aberta pela bala, mas já havia muito sangue e nada mais a fazer. O sangue desenhou formas vermelhas em sua camisola e escorreu pelo braço, que pendia desamparado no poço. O ar que subia da cavidade profunda gelou sua pele, enquanto o sangue que pingava dos dedos penetrava o útero da terra.

Nenhum de seus contos de fadas acabava assim. Sua mãe tinha razão: não existia magia. E Ofélia não conseguira salvar o irmão. Não tinha mais jeito. Seu fôlego começou a desvanecer e ela estremeceu: o solo era tão frio...

XXXVIII
o nome do pai

Vidal encontrou o caminho de volta com facilidade. O labirinto não tentou aprisioná-lo. Agiu conforme o previsto, mas seu destino não estava naqueles círculos sem fim. O mundo lá fora se encarregaria dele.

Estavam à espera de Vidal: Mercedes, Pedro e os homens da floresta. Lado a lado, marcaram com uma barreira de corpos o fim do caminho dele, na parte externa do labirinto, em um semicírculo que espelhava o arco de pedra. Chegara o grande momento, e Vidal tinha a sensação de que já o vivera milhares de vezes em seus sonhos. O momento de provar que era filho de seu pai e de mostrar ao próprio filho como um homem deve viver.

Ao passar pelo arco, Vidal retribuiu cada olhar hostil dos rebeldes, um a um, até encontrar o de Mercedes. Ela não se mexeu enquanto ele andava em sua direção com o filho. Pedro estava ao lado dela. Vidal nunca imaginara que tinha combatido irmã e irmão ao mesmo tempo. Ele entregou o bebê à mulher que retalhara seu rosto mas não o matara.

— Meu filho — disse ele.

O mundo precisava ouvir isso mais uma vez. E a criança tinha que ficar viva, porque carregaria a memória dele, como Vidal carregara a do pai em todos os momentos da vida.

Mercedes aceitou o bebê. Claro. Ela era mulher, nunca faria mal a uma criança, nem mesmo a um filho dele.

Lentamente, ritual que repetiu durante toda a vida, Vidal tirou o relógio do bolso e o segurou. *Chegou a hora*, pensou. *O final glorioso*. Estava pronto para fazer a passagem. Apesar dos soldados mortos e do moinho em chamas avermelhando o céu, ele não sentiu medo.

O espírito do pai tomou conta dele e lhe deu segurança.

Mercedes deu um passo para trás, parando ao lado do irmão, com o bebê nos braços enquanto Vidal encarava a superfície quebrada do relógio, contando meticulosamente seus últimos instantes, assim como contara todos os anos desde a morte do pai. Ele continuou ouvindo o tique-taque mesmo depois de ter fechado os dedos em volta do relógio.

Pigarreou, engolindo o medo que tentava surgir. Os rebeldes não veriam nenhum pingo de medo em seu rosto firme.

— Diga ao meu filho — pediu, respirando fundo. Não foi tão fácil como sempre imaginara, ansiando por esse momento em frente ao espelho, navalha na mão, brincando com a Morte. — Diga ao meu filho a hora em que o pai dele morreu. Diga que…

— Não! — interrompeu Mercedes, apertando o bebê nos braços. — Ele não vai saber nem o seu nome.

Sangue escorreu do rosto de Vidal. Pela primeira vez na vida ele ficou aterrorizado. Esse era o momento com o qual sempre sonhara, o único que ensaiara no espelho toda manhã. Uma morte honrada. Não podia acabar assim, de jeito nenhum. Sua cabeça girava.

Pedro sacou a pistola e atirou em sua cabeça. A bala estilhaçou a maçã do rosto de Vidal antes de atingir o cérebro, rompeu o nervo óptico e se alojou na parte de trás do crânio. Do buraco por onde entrou, só caiu uma gota de sangue. Uma ferida insignificante, mas a Morte fez seu ninho ali.

Com um suspiro de arrependimento, Vidal caiu aos pés do homem que perseguira. E assim se foi.

Seu filho começou a chorar nos braços de Mercedes.

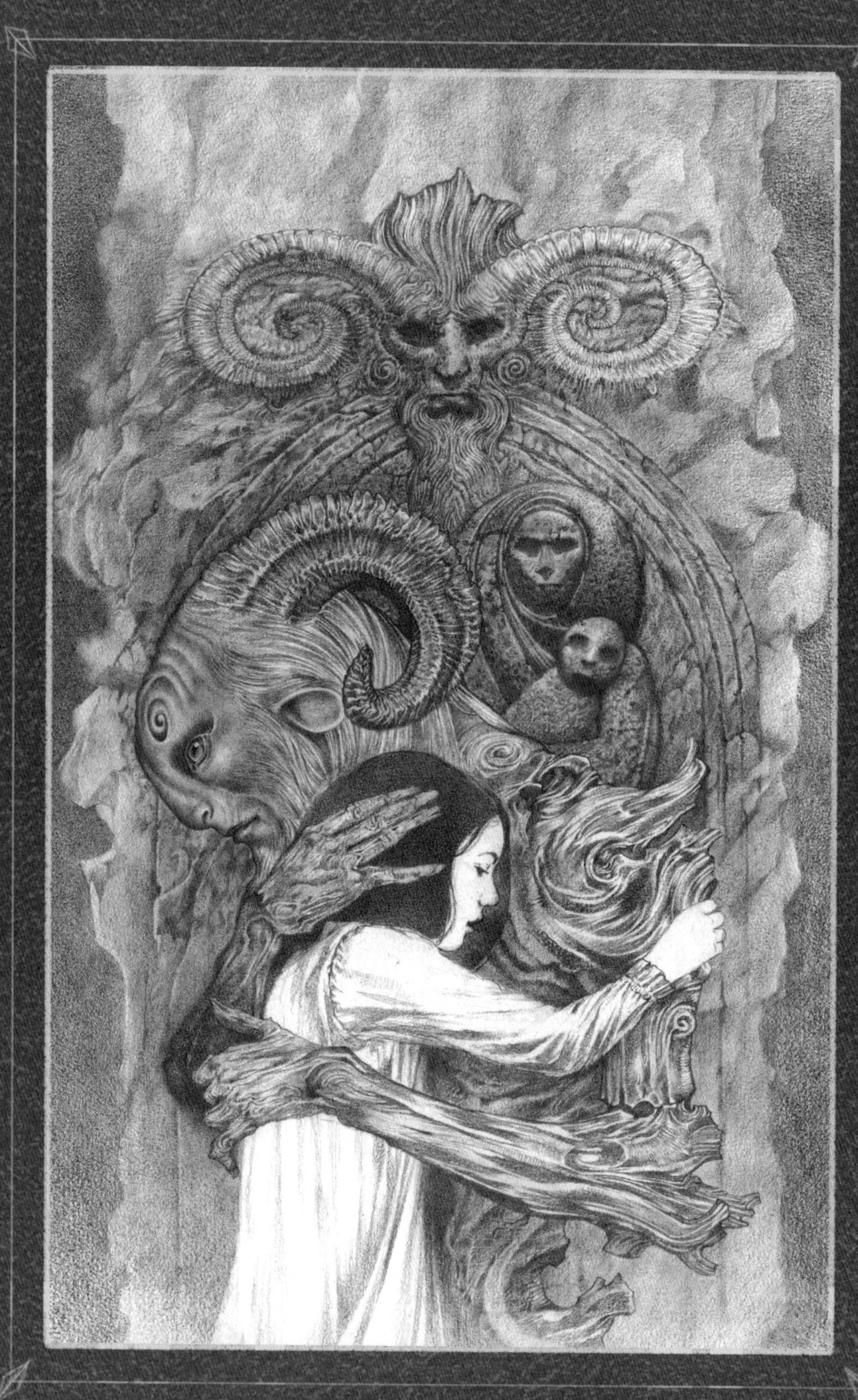

o sobrevivente

Era uma vez, mas não há muito tempo, uma floresta antiga em que vivia um Comedor de Criancinhas. Os aldeões que catavam lenha sob as árvores para passar o inverno o chamavam de Homem Pálido. Suas vítimas eram tão numerosas que o nome delas revestia as paredes de todos os salões que ele construíra lá no subterrâneo. Os ossos delas eram usados para construir móveis delicados, e seus gritos de pavor formavam a trilha principal dos banquetes que aconteciam na mesma mesa onde ele matava a maioria.

Os corredores sinuosos do covil do Comedor de Criancinhas haviam sido projetados para tornar a perseguição ainda mais agradável. Crianças podiam ser supreendentemente ágeis, como o Homem Pálido bem sabia. Afinal, fora humano um dia, mas a matança de crianças o transformara em outra coisa, algo sem rosto ou idade, o único da espécie.

A crueldade era seu ofício desde a infância. Já naquela época as pessoas o chamavam de Pálido, porque não gostava muito de tomar sol, e por isso tinha a pele clara e aquosa como a lua. Ele começou com insetos, passou para os pássaros, depois aos gatos da mãe.

Matou a primeira criança quando tinha só treze anos; era seu irmão mais novo, a quem ao mesmo tempo amava e invejava.

Logo após isso, começou a trabalhar para um padre da Inquisição Espanhola, o modo terrível que a Igreja Católica usava para perseguir e matar todas as pessoas que questionassem seus dogmas. O padre ensinou a Pálido os detalhes mais intrigantes da tortura e inúmeros métodos de matar. Depois de três anos, Pálido superara o mestre e o transformara em vítima, usando-o para aperfeiçoar suas técnicas. Devorou o coração do padre ainda batendo, pois havia lido que assim a crueldade tinha um efeito ainda maior. E, de fato, depois de comer, ele mergulhou numa escuridão mais poderosa, acentuada pela retidão e pelo fervor missionário do padre.

Certa noite, depois de extrapolar suas habilidades com uma vítima, nem os próprios olhos do Pálido aguentavam mais testemunhar seus feitos. Portanto, caíram das órbitas feito frutas maduras que caem do pé, e a criatura escavou um buraco nas mãos para acomodá-los, de modo que pudesse usá-los nas palmas. Às vezes se provavam um grande obstáculo durante as caçadas. Três crianças haviam escapado por uma falha dos olhos dele. O Homem Pálido, no entanto, gravou dois desses nomes nas paredes. Mas apagou o terceiro. Era o nome de um menino esquelético, de quase seis anos, roubado de um vilarejo ao sul da floresta. *Serafín Avendaño*... Por mais que não tenha gravado o nome na parede, o Homem Pálido nunca o esqueceu.

O Comedor de Criancinhas sempre usava um punhal de prata de cabo dourado em seus assassinatos, um instrumento de corte e beleza extraordinários que tinha havia mais de trezentos anos. Fora um presente do Grande Inquisidor, e ele o guardava enrolado em veludo cor de sangue num compartimento trancado na parede da sala de jantar. O Homem Pálido nunca revelara esse segredo a suas vítimas. E por que faria isso? Todas estavam condenadas à morte, afinal.

Serafín Avendaño era o caçula de seis irmãos que adoravam persegui-lo e espancá-lo como o pai fazia com todos eles, então o menino aprendeu logo cedo a fugir depressa. Serafín escapara das garras do Homem Pálido com a agilidade suave de uma enguia e, enquanto seu algoz procurava os olhos, o menino furtara da mesa ensanguentada não só um prato dourado cheio de comida, como a chave dourada do compartimento onde o Homem Pálido guardava o punhal. Era tudo que ele podia fazer pelas outras crianças que choravam nas jaulas sob a sala de jantar do monstro.

O corredor por onde Serafín escolheu fugir parecia infinito, e logo o menino ouviu os gritos do algoz atrás dele. Naquele momento, saudou seus irmãos, que ele sempre considerara a maldição de sua vida, enquanto deixava para trás as pilastras de ossos que se alinhavam pelo corredor.

Os servos do Homem Pálido limpavam o ladrilho do chão toda manhã, mas sobrara um rastro de sangue a ser removido. Serafín pulou a mancha — seis anos pesam menos que os trezentos e cinquenta e três vividos pelo Comedor de Criancinhas —, mas o Homem Pálido escorregou no sangue e, enquanto procurava os olhos ajoelhado, Serafín chegou ao fim do corredor, a uma das inúmeras portas utilizadas pelo Comedor de Criancinhas para entrar e sair da floresta.

O menino tropeçou porta afora e a fechou com uma batida, conseguindo obstruir a passagem com um galho robusto. Então correu para a floresta, tremendo de medo e alívio.

Serafín não sabia aonde estava indo. Só sabia que tinha que fugir dali e voltar para seu vilarejo e sua família.

Quando passou correndo pelo moinho, onde muitos anos antes os soldados de um nobre afogaram uma bruxa, a chave que carregava lhe pareceu uma maldição. E se ela atraísse o dono? Serafín não notou o sapo enorme que o observava quando jogou a chave no lago, nem que o animal tinha olhos humanos. Tampouco viu os lábios verruguentos do sapo e o momento em que engoliu a chave. (Mas essa é outra história.)

Naquele dia, Serafín Avendaño escapou e, muito tempo depois, se tornou um artista que pintou até o fim da vida imagens belíssimas para iluminar a escuridão que vira na infância.

XXXIX
a volta da princesa

Mercedes nunca havia ido até o fim do labirinto. Tinha medo do que encontraria por lá e estava certa. Soube disso no momento em que viu Ofélia caída ao lado do poço.

Ela entregou o bebê para Pedro. Teria que esquecer o pai dele ou nunca seria capaz de amar aquela criança, e amor era algo de que todos precisavam desesperadamente. Parecia estranho que outra mulher tivesse deixado dois filhos sob seu cuidado. Mercedes rezava para que conseguisse manter pelo menos o bebê em segurança, pois já havia falhado com a menina.

Quando se ajoelhou ao lado de Ofélia, a dor que dilacerou seu coração foi tão forte quanto se a menina fosse sua filha de verdade. Ofélia estava morrendo. Ela nem tinha força para virar o rosto para Mercedes, seus olhos já esmaecendo e encarando o sangue que pingava da mão e caía no poço.

O sangue coloriu de vermelho a água da chuva no fundo do poço. A chuva enchera os caminhos do labirinto que circundavam as pilastras, e o reflexo da lua boiava na água rasa feito um pingente de prata, do mesmo tipo que as princesas dos contos de fadas deixam cair dentro de um poço. No entanto, as bordas do poço foram tingidas pelo sangue de Ofélia. Algumas gotas seguiram pelas frestas de pedra desgastada da coluna, e flores vermelhas nasciam da imagem da menina segurando o bebê.

Com lágrimas escorrendo pelo rosto, Mercedes começou a entoar a canção de ninar que cantara uma vez para Ofélia. Suavizando a respiração pesada da menina, a melodia encheu a noite com lembranças inocentes de esperança e felicidade, e a lua cheia cobriu o corpo de Ofélia com um cobertor prateado. Ela sentiu a luz resfriar seu corpo febril e seu coração sofrido.

Uma luz tão brilhante.

— Levante-se, filha — ordenou uma voz.

Mercedes não a ouviu. Só Ofélia.

O luar se transformou em ouro líquido e embalou Ofélia com carinho.

Foi muito fácil ficar de pé. Seus braços e pernas, antes pesados com a Morte, de repente ficaram leves, e ela notou que estava vestindo um exuberante manto vermelho e dourado. Feito da seda mais valiosa, tão vermelha quanto sangue. Tinha fios dourados repletos de pedras preciosas: rubis, esmeraldas e opalas. Seus sapatos também eram vermelhos e lhe caíam muito bem.

Adeus, sofrimento; adeus, dor. Quando olhou ao redor, percebeu que estava no meio de um salão gigantesco, onde o teto parecia tão distante quanto o céu. Em uma das paredes havia uma janela de vidro colorido, esférica como a lua cheia, que distribuía a luz com todas as cores do arco-íris. Diante da janela havia três tronos magníficos ascendendo do chão dourado sobre pilares esculpidos em troncos esbeltos de bétula.

Os lábios de Ofélia formaram um sorriso havia muito esquecido. A mulher sentada no trono à esquerda lhe era muito familiar.

— Mãe! — exclamou Ofélia, havia muito ansiosa para pronunciar essa palavra novamente.

A mulher majestosa no trono segurava um bebê. *Seu irmão?*

Ofélia. O homem de coroa no trono central chamava seu nome. Ele vestia um robe parecido com os robes reais dos contos de fadas, mas Ofélia conhecia seu rosto, um rosto que se debruçava pacientemente sobre um tecido.

Pai... Ai, pai...

— Você sacrificou o próprio sangue em vez de sacrificar o sangue de um inocente — disse ele, com a voz suave, que Ofélia lembrava, cantava para ela todas as noites antes de o mundo virar escuridão. — Foi a última tarefa e a mais importante de todas — acrescentou, olhando para a esposa.

A rainha-mãe parecia jovem e feliz. As fadas voavam em volta dela — as três, vivas! —, e de trás do trono da rainha surgiu o Fauno, seu corpo tão dourado quanto as paredes do salão. Ele abriu os braços e deu um sorriso de boas-vindas, enquanto as fadas rodeavam Ofélia, tagarelando de felicidade.

— E você fez uma ótima escolha, Alteza! — exclamou o mestre das fadas, exagerando tanto na mesura que seus chifres quase tocaram o chão.

— Venha, minha filha! — disse a rainha-mãe, apontando para um terceiro trono, vazio. — Sente-se ao nosso lado. É seu lugar de direito. Seu pai esperou muito tempo por você.

As pessoas sentadas nas tribunas extensas do palácio se levantaram. No entanto, mesmo com os aplausos, Ofélia ainda ouvia o choro de Mercedes enquanto o sangue da menina morrendo pingava de seus braços e caía dentro do poço. Ela reconheceu a canção de ninar que Mercedes cantarolava.

Então...

Ofélia abriu um sorriso sincero e não ouviu mais nada.

E Mercedes se debruçou sobre a menina morta e chorou até inundar seu cabelo preto de lágrimas.

EPÍLOGO
pequenos vestígios

Assim que nossa história chegou ao fim, as florestas foram desocupadas. Alguns anos se passaram até que o musgo e a terra dominassem o que restava do moinho.

A História esqueceu Vidal, assim como Mercedes, Pedro, o dr. Ferreiro e todos os outros que sacrificaram a felicidade e muitas vezes a própria vida para combater o fascismo. A Espanha permaneceu por décadas sob o regime de Franco, e os Aliados traíram os guerrilheiros por não os considerarem úteis contra seu novo inimigo, a então União Soviética.

Quanto a Ofélia, na manhã seguinte a sua morte, uma flor pálida e pequena brotou no galho da velha figueira que ela libertara do Sapo. A flor cresceu no lugar exato onde Ofélia pendurara suas roupas novas para não estragá-las enquanto cumpria a primeira tarefa do Fauno. As pétalas eram tão brancas quanto o avental que a mãe costurara para ela e, no meio da flor, surgiu um sol dourado cheio de pólen e vida.

Alguns anos depois, um caçador passou pelo moinho incendiado e pelo labirinto. Ele não resistiu e atravessou o arco de pedras, e, se perdendo nos corredores antigos, teve medo de nunca mais encontrar a saída. Mas o labirinto o guiou de volta ao arco, e ele estava tão cansado que se deitou sob a figueira, já totalmente florida, cheia de folhas e flores.

Sob a sombra suave da árvore, o caçador dormiu, e em seu sonho ouviu uma história, a história de uma princesa nascida da lua, mas apaixonada pelo sol. Ele voltou a seu vilarejo e espalhou para todos a história que a árvore lhe contara, que terminava assim:

E dizem que a princesa Moanna voltou para o reino de seu pai, onde reinou com justiça e bondade por muitos séculos. Ela foi amada pelo povo e deixou pequenos vestígios de seu legado na Terra, os quais só saltam aos olhos dos observadores mais atentos.

É verdade: são poucos e raros os que sabem para onde olhar e o que escutar. Mas, assim como nas melhores histórias, são esses que fazem a diferença.

FIM

Os tesouros que trazemos dos labirintos

Cornelia Funke

Todos conhecemos livros que se tornaram filmes, e muitas vezes as imagens projetadas na tela nos decepcionam, já que não ficam à altura da riqueza que as palavras evocaram em nossa mente. Mas e se um escritor faz o inverso e transforma seu filme favorito em livro?

O cartaz original de *O Labirinto do Fauno* já adornava uma das paredes do meu escritório muito antes de Guillermo del Toro me pedir para transformar suas belas e mágicas imagens em palavras. Quando assisti ao filme pela primeira vez, para mim ele se tornou, de imediato, o exemplo perfeito do poder da fantasia, a prova viva de que a fantasia pode ser poética e política, uma ferramenta perfeita para captar o realismo mágico da nossa existência.

É claro que considerei a tarefa impossível de ser executada. Escritores sabem bem até demais como palavras por vezes são ferramentas insuficientes e quão mais potente pode ser uma imagem. Tantas camadas de significado que lutamos para expressar... camadas transmitidas por imagens sem o menor esforço. E ainda tem a música! Guillermo del Toro usa a música em seus filmes com a mesma habilidade que usa a câmera.

Como eu poderia me convencer de que seria capaz de substituir imagem e som?

Mas há algo de irresistível em tarefas impossíveis. Sabemos que vamos nos arrepender pelo resto da vida se não tentarmos.

Não escrevi este livro seguindo o roteiro do filme. Assisti, segundo por segundo, imagem por imagem. Aprendi sobre a trama que o constituía e fiquei ainda mais admirada pelo artesão responsável por sua criação, e segui os fios usados por ele. Preparei uma lista de dúvidas e me encontrei com Guillermo para me certificar de que tinha adentrado a mente de seus personagens da forma correta, de que havia compreendido os gestos e olhares dos atores, e o simbolismo dos cenários. (Tenho até hoje uma das pinças do caranguejo que comemos no jantar.)

Desde o início Guillermo deixou bem claro que seu desejo era que eu fosse além da transcrição exata do filme. Por outro lado, eu não queria mudar nem um segundo de sua obra, por considerá-la uma trama trançada com extrema perfeição. Por isso sugeri acrescentar à jornada de Ofélia dez contos sobre elementos-chave do filme — interlúdios, nas palavras de Guillermo.

O restante é mágica.

Foi encantador e inspirador viajar por esse labirinto de um contador de histórias genial, e de lá trouxe comigo um tesouro criativo inestimável.

Um momento, Cornelia. Talvez mais uma coisa deva ser mencionada. Este é o primeiro romance que originalmente escrevi em inglês. É o que trazemos dos labirintos...

sobre os autores

©Margaret Malandruccolo

Guillermo del Toro é um dos escritores e cineastas de maior personalidade na indústria cultural americana. É roteirista e diretor do sombrio e fascinante *O Labirinto do Fauno*, de *Hellboy*, *Círculo de Fogo* e *A Forma da Água*, filme ganhador de quatro Oscar, incluindo Melhor Filme e Melhor Diretor. Del Toro é também coautor da série de livros *Trilogia da escuridão*. Pela Intrínseca, publicou *A forma da água*, obra que expande o universo do filme, e *Caçadores de Trolls*, adaptado para as telas pela Netflix.

©Thorsten Wulff

Cornelia Funke é uma escritora e ilustradora alemã que se tornou best-seller no mundo inteiro com seus contos de fadas modernos. É autora de *O senhor dos ladrões*, da trilogia *Mundo de Tinta* e da série *Reckless*, todos sucesso de público e crítica. Ela mora em Malibu, Califórnia, em uma fazenda com seus abacates, burros, patos e cachorros.

www.corneliafunke.com

www.intrinseca.com.br

1ª edição	JULHO DE 2019
reimpressão	MAIO DE 2025
impressão	GEOGRÁFICA
papel de miolo	LUX CREAM 60 G/M²
tipografia	MRS EAVES